हिन्द पॉकेट बुक्स

लौट आई छाया

तथा अन्य कहानियाँ

अमित खान का जन्म गाज़ियाबाद जनपद के पिलखुआ में हुआ। उनके द्वारा लिखी गयी पहली कहानी मात्र 12 वर्ष की अल्प आयु में और पहला उपन्यास मात्र 15 वर्ष की आयु में प्रकाशित हो गया था।

देश के बड़े प्रकाशन संस्थानों द्वारा अभी तक उनके लिखे गए 100 से ज्यादा उपन्यास प्रकाशित हो चुके हैं, जो हिंदी, अंग्रेजी और बंगला भाषाओं में प्रकाशित हुए। इसके अलावा आज उनका पात्र *कमांडर करण सक्सेना* हिंदी उपन्यास जगत में मील का पत्थर बन चुका है, जिस सीरिज पर उन्होंने 58 उपन्यास लिखे।

वह आजकल मुंबई में रहते हैं और मुंबई फ़िल्म इंडस्ट्री में भी काफी सक्रिय हैं। उनके द्वारा लिखी कथा, पटकथा, संवादों पर कई भाषाओं (हिंदी, मराठी और पंजाबी) में फ़िल्में बन चुकी हैं और टीवी पर भी वह अभी तक अलग-अलग धारावाहिकों के सौ से ज्यादा एपिसोड लिख चुके हैं। साहित्य एवं फिल्म लेखन में उन्हें कई पुरस्कार मिल चुके हैं।

लौट आई छाया

तथा अन्य कहानियाँ

अमित खान

हिन्द पॉकेट बुक्स
पेंगुइन रैंडम हाउस इम्प्रिंट

हिन्द पॉकेट बुक्स

यूएसए। कनाडा। यूके। आयरलैंड। ऑस्ट्रेलिया। सिंगापुर
न्यू ज़ीलैंड। भारत। दक्षिण अफ्रीका। चीन

हिन्द पॉकेट बुक्स, पेंगुइन रैंडम हाउस ग्रुप ऑफ़ कम्पनीज़ का हिस्सा
है, जिसका पता global.penguinrandomhouse.com पर मिलेगा

पेंगुइन रैंडम हाउस इंडिया प्रा. लि.,
चौथी मंजिल, कैपिटल टावर 1, एमजी रोड,
गुरुग्राम 122002, हरियाणा, भारत

पेंगुइन
रैंडम हाउस
इंडिया

प्रथम हिन्दी संस्करण हिन्द पॉकेट बुक्स में पेंगुइन रैंडम हाउस द्वारा 2020 में प्रकाशित

10 9 8 7 6 5 4 3 2

इस पुस्तक में व्यक्त विचार लेखक के अपने हैं, जिनका यथासंभव तथ्यात्मक सत्यापन किया गया है, और इस सम्बन्ध में प्रकाशक एवं सहयोगी प्रकाशक किसी भी रूप में उत्तरदायी नहीं हैं।

ISBN 9789353497279

मुद्रकः रेप्रो इंडिया लिमिटेड

www.penguin.co.in

FSC www.fsc.org MIX Paper from responsible sources FSC® C047271

This is a legitimate digitally printed version of the book and therefore might not have certain extra finishing on the cover.

अनुक्रम

लौट आई छाया (लघु उपन्यास)

1
पहली मुलाकात

सच कहते हैं, इंसान की कद्र उसकी मौत के बाद होती है।

छाया और छाया का प्यार मेरे लिए कुछ ऐसा ही था। जब तक वह जिंदा थी – मैं उसके प्यार को, उसकी दीवानगी को न समझ सका और जब मैंने समझा, तब तक देर हो चुकी थी।

बहुत देर!

छाया जिसे मैं कभी नहीं भुला सकता।

वह आज भी मेरी साँसों में बसती है।

कुछ लोग कहते हैं – मौत बड़ी खौफनाक चीज़ है। वहीं कुछ कहते हैं– मौत से ज्यादा ख़ूबसूरत भी कुछ नहीं, क्योंकि जो भी मौत से गले मिलता है, कमबख़्त इस ज़िंदगी को छोड़ जाता है।

लेकिन छाया सबसे अलग थी।

सबसे जुदा!

वह मौत से गले तो मिली, लेकिन ज़िंदगी जीने की ख्वाहिश न छोड़ पाई।

मौहब्बत है ही ऐसी चीज़।

ज़िंदगी और मौत से परे है।

एक बार किसी को मौहब्बत हो जाए, तो वह भगवान से लड़ने को भी तैयार हो जाता है।

छाया ऐसी ही थी।

वह अपनी मौहब्बत को हासिल करने के लिए भगवान तक से लड़ बैठी।

सबसे पहले मैं आपको अपना इंट्रोडक्शन देता हूँ।

मेरा नाम परिमल घोष है।

नाम से ही समझ गए होंगे, बंगाली हूँ और मैं एक इंग्लिश ऑथर हूँ।

मेरी उम्र 30 वर्ष है। साधारण बंगाली के मुकाबले मैं ज्यादा हैण्डसम हूँ। बंगाल में मेरी तुलना वहाँ के सुपर स्टार प्रसन्नजीत से की जाती है। और तुलना गलत भी नहीं है। मैं यंग ऐज के प्रसन्नजीत की तरह ही हैण्डसम हूँ। लड़कियों की बिरादरी में हमेशा ही मेरा जलवा कमाल रहा है।

सबसे बड़ी बात मेरे लिखे पाँच नॉवल अभी तक पब्लिश हो चुके हैं और सबके सब बेस्ट सैलर रहे। खासतौर पर यूरोपियन फिक्शन मार्किट में उन्होंने सफलता के बड़े झंडे गाड़े। मेरे लास्ट नॉवल को ब्रिटेन के बेहद प्रतिष्ठित लिटरेरी ''बुकर अवॉर्ड'' से भी सम्मानित किया गया।

मैं लव स्टोरीज लिखता हूँ। मेरे रीडर मेरी ही तरह यंग हैं, अरबन हैं। भूत-प्रेत जैसी चीज़ों में विश्वास नहीं रखते। और मैं खुद भी ऐसा ही हूँ, ऐसी पुरातन अंधविश्वासी बातों में बिल्कुल यकीन नहीं करता।

भला आत्माएँ भी कहीं होती हैं!

लेकिन कहते हैं, यह दुनिया अपने आपमें सबसे बड़ी पाठशाला है। इंसान का बच्चा किताबों से इतना ज्ञान हासिल नहीं करता, जितना ज्ञान उसे वक्त की ठोकरें खाकर हासिल होता है।

मेरे साथ भी ऐसा ही कुछ हुआ।

यह एक ऐसी प्रेम कहानी है, जो आपने पहले कभी नहीं पढ़ी होगी।

सिर्फ प्रेम कहानी ही नहीं, इसमें थ्रिल भी है, सस्पेंस भी है और डर भी है।

जी हाँ, डर!

क्योंकि यह एक आत्मा की कहानी है।

और यकीन मानिये, इस कहानी में ट्विस्ट-टर्न तो इतने हैं, जो आपको कदम-कदम पर चौंकाकर रख देंगे।

मैं बात अपनी कर रहा था।

मेरा होम टाउन कोलकाता है, वहाँ की मशहूर गोल मार्किट के पास ही मेरा घर था। छाया भी वहीं की थी। छाया तो कमाल ख़ूबसूरत थी। एकदम गोरी-चिट्टी और लम्बा कद। वह ऐसी बंगालन लड़की थी, जो किसी के ऊपर भी जादू कर दे। वह सच में बंगाल की जादूगरनी थी। और सबसे बड़ी बात, वह संस्कारों से भरी थी। बंगाली रीति-रिवाजों से तो वह खूब प्यार करती थी। छाया कॉलेज में एंटर होती, तो सारे लड़के आहें भरने लगते। न जाने वह कितने लड़कों की ड्रीम गर्ल थी।

पर वह फ़िदा मेरे ऊपर हुई।

दिल उसने मुझे दिया।

कॉलेज में हम दोनों की मुलाकात की वजह भी कहानी ही बनी थी। कॉलेज के ऐनुअल ऐडीशन में मेरी एक लव स्टोरी पब्लिश हुई थी, जिसे पढ़कर छाया दीवानी हो उठी।

मुझे आज भी याद है – मैं उस समय लाइब्रेरी में था, जब छाया मेरे पास आई और उसने दिल खोलकर मेरी कहानी की तारीफ की।

'ओह माई गॉड!' वह पागलों की तरह बोली, 'क्या कहानी लिखी है तुमने। तुम तो जैसे कोई जादूगर हो या सरस्वती पुत्र भी कह सकती हूँ। क्या

कहानी लिखते हो। पूरा माहौल क्रियेट कर देते हो। तुम्हारी कहानी का थॉट, भाषा शैली, केरेक्टराइजेशन सब बहुत गज़ब हैं। लिख लो, एक दिन तुम इस देश के महान लेखकों में शुमार होओगे। पूरे बंगाल का नाम रौशन करोगे।'

'बस-बस, इतनी तारीफ भी मत करो, जो मैं हवा में उड़ने लगूँ।'

'नो-नो, आई एम नॉट बटरिंग यू, देट्स द फेक्ट। रियल्टी।'

उसने सच्चे दिल से वह शब्द कहे।

फिर मैं चुप हो गया।

उससे ज्यादा बहस नहीं की जा सकती थी।

छाया से मुलाकातों का सिलसिला एक बार शुरू हुआ, तो फिर बढ़ता चला गया।

हम एक-दूसरे से मिलने के लिए बेचैन रहने लगे।

फोन पर घंटों-घंटों बात करते रहते थे।

ज्यादातर बातें बेसिर-पैर की होतीं, लेकिन हमें एक-दूसरे से बातें करना पसंद था।

वह मौहब्बत से भरे दिन थे। हमारी नस-नस में प्रेम प्रस्फुटित हो चुका था।

हम एक-दूसरे को देखते, तो हमारी आँखें डायमंड की तरह चमक जाती थीं।

शुरू-शुरू में, मैं छाया के साथ किसी पब्लिक प्लेस पर मिलने में भी थोड़ा अनईजी रहता था।

तब छाया ने ही एक दिन मुझसे हँसकर कहा, 'प्यार का मतलब ''पीआर'' होता है महाशय, मतलब पब्लिक रिलेशन! जितना खुलकर करोगे, उतना लड़की मिलने का चाँस ज्यादा होता है। चोरी-छुपे करोगे, तो लड़की कभी भी प्यार से मुकर जाएगी।'

छाया की बात सुनकर मैं भी हँस पड़ा।

'एक बात कहूँ।' मैंने छाया के सामने थोड़ा शरमाते हुए कहा, 'तुम बातें बड़ी गज़ब करती हो।'

'वह तो तुम भी करते हो।' छाया तुरंत बोली, जवाब देने में वो एक्सपर्ट थी, 'लेकिन रियल लाइफ में नहीं, सिर्फ काग़ज़ के पन्नों पर। पर ज़िन्दगी किस्से-कहानियों से नहीं चलती साहेब! थोड़ी मौहब्बत भी करनी पड़ती है। थोड़ी दिल की बातें जबान पर भी लानी पड़ती हैं।'

मैं मुस्करा दिया।

सचमुच प्यार के मामले में उसकी फ़िलोस्फी अद्भुत थी।

अलबत्ता छाया की उन बातों का मेरे ऊपर यह असर ज़रूर हुआ कि फिर हम पब्लिक प्लेस पर भी खुलकर मिलने लगे।

फिल्म एक साथ देखने जाते।

थियेटर में प्लेज देखते।

छाया के साथ ज़िन्दगी पतंग बन गई थी। हवा में उड़ी-उड़ी फिर रही थी। जैसे दूर, बहुत दूर अनंत आसमान को छू लेना चाहती थी।

मुझे आज भी अपनी ''फर्स्ट डेट'' याद है।

2
फर्स्ट डेट

शायद कोई भी अपनी ''फर्स्ट डेट'' को नहीं भूलता।

फर्स्ट डेट, फर्स्ट किस, फर्स्ट नाइट सब कुछ बेहद थ्रिलिंग होता है।

जिस तरह पहले-पहले प्यार का अहसास कभी न भूलने वाला होता है, उसी तरह फर्स्ट डेट भी इंसान के मानसपटल पर एक कभी न मिटने वाली छाप छोड़ जाती है।

फिर मेरा प्यार तो छाया थी।

छाया, जो साधारण लड़की नहीं थी।

वह तो मेरी लाइफ में आई ही इसलिए थी, ताकि मेरी पूरी ज़िन्दगी बदल सके।

उस दिन मैं छाया को कोलकाता के मशहूर थियेटर रविन्द्र सदन में एक प्ले दिखाने ले गया था।

रविन्द्र सदन, आचार्य जगदीश चन्द्र बोस रोड पर स्थित कोलकाता का एक बड़ा कल्चरल सेंटर है। जहाँ फिल्म फेस्टीवल से लेकर खूब प्ले होते हैं। खूब कल्चरल एक्टिविटी होती हैं।

वह एक रोमांटिक बंगाली प्ले था, जो हम देखने गए।

हालाँकि ज्यादातर लड़के अपनी गर्लफ्रेंड को डेट पर ले जाने के लिए ऐसी जगह नहीं चुनते। उनकी पहली पसंद तो कोई निर्जन जगह या फिर शांत रेस्त्रां होते हैं, जहाँ वो आराम से बैठकर ढेर सारी दिल की बातें कर सकें। दिल की वो बातें जो कभी ख़त्म ही नहीं होतीं।

लेकिन मैंने दर्शकों से खचाखच भरे रविन्द्र सदन को ही चुना।

खुद छाया को भी प्लेज देखना बहुत पसंद था।

हालाँकि बाद में अपना वो फैसला खुद मेरे ऊपर बहुत भारी पड़ा।

मैं सोच रहा था कि रोमांटिक प्ले देखते हुए खुद छाया भी बेहद रोमांटिक हो जाएगी और फिर हम ढेर सारी प्यार भरी बातें करेंगे।

लेकिन ऐसा हुआ नहीं।

प्ले का क्लाइमेक्स बहुत डिप्रेसिंग था, जिसमें प्रेमी की मौत हो जाती है और प्रेमिका पागलों की तरह चीखती-चिल्लाती इधर-से-उधर भटकती फिरती है।

छाया, प्रेमिका की उस दुर्दशा पर रो पड़ी।

उसकी आँखों में आँसू आ गए।

उसने मेरा हाथ कसकर पकड़ा।

यह छाया का पहला स्पर्श था। पहली बार उसने मुझे छुआ। लेकिन उस स्पर्श में बेचैनी थी। व्यथा थी।

'प्रेम!' वह प्यार से मुझे परिमल की जगह ''प्रेम'' कहकर ही पुकारती, 'तुम तो कभी मुझे इस तरह अकेले छोड़कर नहीं चले जाओगे?'

'छ . . . छाया!'

'जानते हो, प्यार में लोग बहुत मजबूत हो जाते हैं प्रेम!' छाया धाराप्रवाह

बोलती चली गई, 'और बहुत कमजोर भी। मतबूत इतने कि दुनिया से लड़ जाते हैं और कमजोर इतने कि बस एक इंसान के बिना नहीं रह पाते।'

'छ . . . छाया!' मेरे मुँह से सिसकारी छूट गई।

'मैं अब तुम्हारे बिना नहीं रह सकती प्रेम, कभी नहीं रह सकती।'

वह थियेटर में थी।

दर्शकों से खचाखच भरे थियेटर में।

लेकिन प्ले देखते-देखते वह उसके किरदारों में इतना डूब गई थी कि उसका यह अहसास तक मिट गया था कि उस समय वो एक बड़ी भीड़ का हिस्सा है।

उस समय तो जैसे वो खुद प्ले का एक कैरेक्टर बन गई थी।

रविन्द्र सदन में उपस्थित तमाम दर्शक बस उसे ही देख रहे थे। और छाया को जब इस बात का अहसास हुआ, तो वह अनईजी होकर वहाँ से भाग खड़ी हुई।

पागलों की तरह भागी।

बेतहाशा भागी।

उफ्फ, जैसे उस प्ले की नायिका अपने प्यार का इज़हार करके वहाँ से भाग रही थी।

पीछे पूरा रविन्द्र सदन तालियों की गड़गड़ाहट से गूँज उठा।

यह थी हमारी पहली डेट।

जिसके हजारों-हजार लोग गवाह थे।

कोलकाता का रविन्द्र सदन गवाह था।

फिर भला मैं उस फर्स्ट डेट को कैसे भूल सकता था।

लेकिन वो फर्स्ट डेट मेरी वजह से नहीं, बल्कि छाया की वजह से यादगार बनी थी।

खास बनी थी।

3
फर्स्ट किस

फिर मुझे अपना फर्स्ट किस याद आता है।

वह भी कुछ अलग ही था।

हम दोनों के बीच ऐसा कुछ हो जाएगा, यह न मैंने सोचा था और न शायद छाया ने भी सोचा होगा।

उस सबकी शुरुआत भी बड़े अजीब ढंग से हुई।

सुनने लायक किस्सा है।

ध्यान से सुनें।

दरअसल छाया को गोलगप्पे खाना बहुत पसंद थे।

हम चौरंगी रोड से आगे कोलकाता की सबसे मशहूर न्यू मार्किट में अक्सर गोलगप्पे खाने जाते थे। कोलकाता में गोलगप्पों को ''पुचका'' कहते हैं।

'चलो आज शर्त लगाते हैं।' वह मेरी तरफ देखकर हँसते हुए बोली।

वह हँसती थी, तो और भी सुन्दर लगने लगती थी। उसके कतारबद्ध सफ़ेद दूधिया दाँत मोतियों की तरह चमक उठते थे। उस दिन उसने रेड कलर का कुर्ता-पायजामा पहना हुआ था, जिसमें उसका गोरा-चिट्टा रंग और भी खिल उठा था। बात करते-करते बीच-बीच में उसके बालों की फिलिक्स उसके चेहरे पर आ जाती थी, तो वह और भी सुन्दर लगने लगती। फिर जब वह अपने

बालों की फिलिक्स चेहरे से उठाकर वापस बालों में गूंथती, तो उसकी वह अदा भी क़यामत बरपा करने वाली होती।

उफ़!

मेरी निगाह उसके चेहरे से हटती ही नहीं थी।

उस समय भी उसकी आँखों में बिल्कुल बच्चों जैसी शरारत घुली थी।

'शर्त!' मैं चौंका, 'कैसी शर्त?'

'आज जो ज्यादा गोलगप्पे खाएगा, वो जीतेगा।'

'क्या?' मैं हैरान रह गया, 'तुम पागल हो गई हो। भला यह भी कोई शर्त हुई। नहीं, बिल्कुल नहीं।'

'क्यों?' वो हँसी, 'डर गए?'

'नहीं, डरने जैसी कोई बात नहीं।'

'तो लगाओ शर्त! साबित करो कि तुम खाने-पीने के मामले में मेरे भी गुरु हो।'

'लेकिन . . .।'

'यह लेकिन डरे हुए लोग इस्तेमाल करते हैं प्रेम! कॉन्फिडेंट लोगों की डिक्शनरी में ''लेकिन'' शब्द नहीं होता।'

'यह बात है?'

'बिल्कुल यही बात है।'

'तो फिर डन।'

'डन!'

मैंने बेहद उत्साह में छाया की वो शर्त कबूल कर ली थी।

आखिर जब प्रेमिका चैलेंज दे रही हो, तो यह आत्म-सम्मान की बात आ जाती है।

फिर हम दोनों ने पानीपुरी शुरू की।

माई गॉड!

जल्द ही मैं समझ गया कि छाया मेरा बैण्ड बजाने वाली है। वह पानीपुरी इस तरह खा रही थी, जैसे कोई पॉपकॉर्न खाता है।

मैं तीस पानीपुरी खाकर ही थक गया, जबकि छाया की तो जैसे अभी शुरुआत थी।

'बस, बस।'

'क्यों?' वह हँसी, 'इतनी जल्दी थक गए?'

'मैं और नहीं खा पाऊँगा।'

छाया और जोर से हँसी।

मेरा मज़ाक उड़ाने वाले अंदाज़ में हँसी।

उस दिन मैं छाया से वो शर्त हार गया।

ज्यादातर लड़के अपनी प्रेमिका से जान-बूझकर शर्त हारते हैं, ताकि शर्त हारकर वह उसका दिल जीत सकें।

लेकिन मेरे साथ ऐसा नहीं था।

मैंने छाया से पानीपुरी की वह शर्त जीतने की हरचंद कोशिश की थी, लेकिन मैं जीत ही नहीं पाया।

उस दिन छाया हँस-हँसकर बेहाल हो गई।

उसने मेरा खूब मजाक उड़ाया।

और उसे हँसते देखकर मुझे अच्छा लगा।

उसके चेहरे पर मासूमियत थी।

आँखों में गज़ब का सम्मोहन था।

उसे यूँ हँसते देखकर अपनी हार का दुःख जैसे मैं भूल गया।

उसकी हँसी बेहद पवित्र थी।

वो हँसती थी, तो ऐसा लगता था – जैसे मंदिर में एक साथ असंख्य घंटियाँ बज उठी हों!

आप सोच रहे होंगे, उस घटना में फर्स्ट किस कहाँ से जुड़ गया?

दोस्तो!

फर्स्ट किस भी हुआ।

उसी घटना की कड़ी से जुड़कर हुआ और सच कहूँ, तो बड़े लाज़वाब अंदाज़ में हुआ।

दरअसल ज्यादातर लड़के हर चीज़ की प्लानिंग करते हैं। उनकी फर्स्ट डेट, फर्स्ट किस सब कुछ प्लान्ड होती है।

लेकिन यकीन मानो, उसी प्लानिंग में गड़बड़ी की आशंकाएँ ज्यादा हैं।

ज़िंदगी तो मौहब्बत का दरिया है, जिसमें बस बहते जाओ। प्लानिंग करोगे तो डूब जाओगे। वैसे भी मौहब्बत दिमाग लगाकर की जाए, तो वह मौहब्बत नहीं होती।

दिमाग लगाकर तो बिजनेस किया जाता है।

और मौहब्बत कम-से-कम बिजनेस नहीं है।

अब ख़ास बात सुनिए।

दरअसल पानीपुरी का एक साइड इफैक्ट हुआ।

छाया की तबीयत खराब हो गई। वैसे भी कुछ तो होना ही था।

अगले दिन मैं छाया से मिलने उसके घर पहुँचा।

छाया के माता-पिता बड़ी धार्मिक प्रवृत्ति वाले शांत लोग थे। छाया के

पिता अब रिटायर हो चुके थे, वो पहले कोलकाता यूनीवर्सिटी में लिटरेचर पढ़ाते थे। इसके अलावा उनकी पेरानॉर्मल वर्ल्ड में भी बहुत दिलचस्पी थी। आत्माओं के ऊपर उन्होंने अच्छी-खासी रिसर्च की थी और उसी विषय पर उनकी एक बुक भी पब्लिश हुई थी।

वह दोनों मुझसे बहुत प्रेमपूर्वक मिले।

मैं उन्हें अपने माता-पिता जैसा सम्मान देता था।

उनसे मिलना, उनसे झुककर आशीर्वाद लेना मुझे बहुत अच्छा लगता था। दरअसल मेरे माता-पिता का काफी साल पहले देहांत हो गया था। लेकिन उन दोनों से मिलता, तो जैसे मेरा यह अहसास मिट जाता कि मेरे माता-पिता नहीं हैं।

उनसे आशीर्वाद लेकर मैं सीधा छाया के रूम में पहुँचा।

छाया बैड पर बैठी *आनंदलोक* (एक प्रसिद्ध बंगाली पत्रिका) पढ़ रही थी। उसने साधारण घरेलू कपड़े पहने हुए थे।

छाया की हालत बहुत बुरी थी, वह बसंत ऋतु का पेड़ थी, लेकिन उस समय पतझड़ के पत्तों की तरह बिखरी-बिखरी और बेरंग नज़र आ रही थी। लेकिन खुश वो उस हाल में भी थी। सुन्दर वह तब भी लग रही थी।

छाया के बैड के पीछे एक बड़ी विण्डो खुली थी, जिसमें से आसमान पर बिखरा शाम का धुंधलका जैसे अन्दर बेडरूम में झाँकता प्रतीत हो रहा था।

'ग्रेट!' मैंने छाया से मिलते ही उसका मजाक उड़ाया, 'तो यह है तुम्हारी जीत का रिजल्ट! अब बिस्तर पर लेटकर सेलीब्रेट कर रही हो।'

वह फिर हँस पड़ी।

'कमाल है।' मैंने बड़ी हैरानी से छाया की तरफ देखा, 'ऐसी हालत में भी कोई कैसे हँस सकता है? तुम ज़रूर पागल हो।'

'अगर हँसना पागलपन की निशानी है माई डियर प्रेम!' छाया पूरे कॉन्फिडेंस

के साथ बोली, 'तो यस, आई एम मेड।'

वह बात कहकर वो फिर हँस पड़ी।

मैं छाया को देखता रह गया।

'जानते हो प्रेम!' एकाएक वह बड़े दिल से बोली, 'जो खुद खुश न हो, वह दूसरों को कभी खुशी नहीं दे सकता। इसलिए मैं हर सुबह उठकर खुद को खुश रखने की कोशिश करती हूँ, ताकि दूसरों को खुशियाँ दे सकूँ।'

उफ्!

मेरे पूरे शरीर में जैसे सनसनाहट दौड़ गई।

मैंने कसकर छाया को पकड़ लिया।

ऐसी थी मेरी छाया, जो अपने से ज्यादा दूसरों का ख्याल रखती थी। वो गंगा थी, जिसमें डूबकर हर कोई पवित्र हो जाता है।

मैंने छाया को अपनी बाँहों में समेटा, तो जैसे मैं उसकी जिस्म की गर्मी में मोम की तरह पिघलता चला गया।

और उसका जिस्म, उसमें तो जैसे सूरज की तपिश थी।

एक-दूसरे को बाँहों में भरे-भरे हमारे होंठ कब एक-दूसरे में एकाकार हो गए, हमें खुद पता न चला।

हाँ, लेकिन वो हमारा फर्स्ट किस था।

जल्द ही जब हमें अहसास हुआ, तो हम एक-दूसरे से अलग हुए।

उसके बाद छाया मेरी आँखों से आँख मिलाए रखने की ताब न ला सकी।

मैं भी अनईजी-वे में जल्दी उसके घर से चला आया था।

4
फर्स्ट नाइट

फिर मुझे अपनी फर्स्ट नाइट याद आती है।

लेकिन उसकी शुरुआत सबसे ज्यादा हिला देने वाली थी।

फर्स्ट नाइट के लिए मुझे इंतजार भी काफी करना पड़ा।

पहली खौफनाक घटना तो यही घटी कि छाया के मदर-फादर की एक सड़क दुर्घटना में मौत हो गई।

वो कैब से ''टाकी'' जा रहे थे। टाकी एक फेमस पिकनिक स्पॉट है और कोलकाता से सिर्फ 75 किलोमीटर दूर है। छाया के फादर को वहाँ रहना बहुत पसंद था। वहाँ उन्होंने एक छोटा-सा रॉ हाउस भी बनाया हुआ था, जिसमें वो अपने परिवार के साथ अक्सर कुछ दिन गुजारा करते।

इत्तेफाक से इस बार छाया उनके साथ नहीं थी।

छाया से उन्होंने अपने साथ चलने की बहुत जिद की।

'नहीं।' छाया ने साफ़-साफ़ मना कर दिया, 'मैं इस बार टाकी नहीं जा रही।'

'क्यों?'

'मुझे कोलकाता में ही कुछ काम है। फिर दुर्गा पूजा भी नज़दीक आ रही

है, उसकी भी तैय्यारियाँ करनी हैं। इस बार की दुर्गा पूजा मैंने अपने फ्रेंड्स के साथ खूब धूमधाम से मनानी है।'

'क्यों?' माँ ने पूछा, 'इस बार ऐसा क्या ख़ास है दुर्गा पूजा में?'

'मम्मी आप भी बस यूँ ही।'

'यूँ ही!' माँ मुस्कुराई, 'या फिर कुछ और बात है?'

'कोई ख़ास बात नहीं है।' छाया भड़की, 'हर साल रूटीन दुर्गा पूजा होती है। कभी-कभार तो कुछ स्पेशल होना चाहिए। कुछ नया।'

'सही तो कह रही है।' छाया के पापा बोले, 'ऐवरी ईयर सेम टाइप से फेस्टीवल मनाते-मनाते भी बोरियत होने लगती है। कुछ न्यू टाइप से करते हैं, तो एनर्जी आती है।'

'आप दोनों बाप-बेटी भी बस!' माँ ने नाक-भौं सिकोड़ी, 'लगता है इस घर में बस मैं ही आउट डेटेड हूँ।'

छाया और उसके पापा, दोनों हँस पड़े।

'लेकिन न्यू टाइप से किस तरह मनाएगी तुम्हारी यह लाड़ली दुर्गा पूजा, जरा कुछ हमें भी तो पता चले।'

'अब करने दो उसे अपने दिल की। न्यू जनरेशन है, इनके पास बहुत नए थॉट होते हैं।'

'हाँ, बस हमारे पास ही ओल्ड थॉट हैं।'

'अरे नाराज़ क्यों होती हो।' पापा ने माँ का हाथ बड़े प्यार से पकड़ा, 'बच्चों के साथ एन्जॉय करना चाहिए। उनकी ख़ुशी में ही हमारी ख़ुशी है। इस लाइफ का क्या भरोसा, आज है कल नहीं।'

उफ्फ!!!

वह शब्द पता नहीं कौन से समय में उनके मुँह से निकले।

अनहोनी घट गई।

ऐसी अनहोनी, जिसकी किसी ने कल्पना भी न की थी।

वह दोनों अकेले ही टाकी जाने के लिए निकल पड़े थे। इसके लिए उन्होंने एक कैब हायर की ।

तभी घटना घटी।

उनकी कैब का हाइवे पर एक ट्रक से एक्सीडेंट हो गया और ड्राइवर के साथ-साथ उन दोनों की तुरन्त ऑन द स्पॉट डैथ हो गई।

वो एक बड़ी घटना थी।

सिर्फ छाया के लिए ही नहीं मेरे लिए भी।

हम दोनों दहल उठे।

छाया अब अकेली थी।

उसका ख्याल रखने वाला अब मेरे सिवाय कोई न था।

फिर हमने जल्द ही शादी कर ली।

शादी का फैसला जरुर मेरा था, लेकिन उसके पीछे का थॉट छाया का ही था। छाया अक्सर कहती थी, 'ज़िदंगी के किसी भी मोड़ पे अगर कोई फैसला करना हो, तो हमेशा अपने दिल की सुनो, क्योंकि दिल भले ही लैफ्ट में हो, पर उसका फैसला ऑलवेज राइट होता है।'

मैंने शादी के मामले में दिल की बात सुनी।

फिर आई फर्स्ट नाइट!

वो रात, जिसका न सिर्फ हर लड़के को बल्कि हर लड़की को भी बड़ी बेसब्री से इंतजार होता है।

आपने कभी बर्फ से ढके पहाड़ को सूरज की गर्मी पाकर पानी की तरह

पिघलते देखा है।

उफ्!

वह रात कुछ ऐसी ही थी।

जो सूरज की गर्मी से बर्फ की तरह पिघल रही थी।

हालाँकि उस स्याह रात में कुछ उदासी भी घुली थी।

मम्मी-पापा की मौत के बाद छाया के चेहरे की खुशी कहीं गायब हो गई थी।

वो हँसती, तो अब उसमें चंचल हिरणी जैसा अल्हड़पन न होता।

उसकी मुस्कराहट में सुबह की धूप जैसी शोखी न होती।

शादी की पहली रात मैंने छाया को एक लव बर्ड गिफ्ट दिया।

'लव बड़्!' छाया उस लव बर्ड को देखकर चौंकी।

'हाँ।'

'लव बर्ड ही क्यों?'

'क्योंकि हम दोनों लव बर्ड की तरह ही हैं छाया! कभी एक-दूसरे से अलग नहीं रह सकते। हमें एक-दूसरे से अलग किया गया, तो मर जाएँगे हम दोनों।'

छाया कुछ न बोली।

बस खाली-खाली आँखों से उन लव बर्ड को देखती रही।

'क्या तुम्हें मेरा गिफ्ट पसंद नहीं आया?'

'नहीं, ऐसी कोई बात नहीं।'

लेकिन छाया के चेहरे पर खुशी नहीं थी।

‘चलो।’ मैंने छाया का मूड थोड़ा फ्रेश करने के लिए कहा, ‘आज फिर न्यू मार्किट चलते हैं। उस दिन की तरह आज फिर पानीपुरी की शर्त हो जाए।’

‘ताकि मैं पहले की तरह बीमार पड़ जाऊँ।’ छाया ने संजीदगी के साथ ही कहा।

‘नहीं।’ मैंने बड़े प्यार से छाया की आँखों में झाँका, ‘ताकि तुम फिर मुझसे जीत जाओ।’

‘लेकिन मैं अब जीतना नहीं चाहती प्रेम!’

उफ्!

उसकी आवाज़ सर्द थी।

‘क . . . क्यों?’ मैं चौंका।

‘मैं अब तुमसे हारना चाहती हूँ प्रेम!’ वह एकाएक कसकर मुझसे चिपट गई।

उसके आगोश में बेपनाह समर्पण था।

‘मैं चाहती हूँ।’ उसकी आवाज़ में मदहोशी घुली थी, ‘मेरा पति हमेशा जीते। सबसे जीते। वो कभी न हारे।’

‘ओह छाया!’

मैंने भी भावावेश में उसे अपनी बाँहों में समेट लिया।

प्रेम का दीपक जल उठा था।

हम दोनों एक-दूसरे की बाँहों में खोते चले गए।

जल्द ही छाया पूरी तरह निर्वस्त्र मेरे सामने थी और मैं अपलक उसे निहार रहा था।

‘क्या देख रहे हो?’ वह अब थोड़ी लजा गई।

'उस बच्ची की तलाश कर रहा हूँ, जो मुझसे प्यार करती थी। जो हमेशा हँसती रहती थी।'

'फिर मिली वो बच्ची?' उसकी नज़रें झुकी हुई थीं।

'नहीं, अब उसे देखकर लग रहा है कि वह बच्ची सचमुच बड़ी हो गई है। जवान हो गई है।'

'शैतान कहीं के।'

छाया ने जोर से मेरी पीठ पर मुक्का जमाया और फिर मेरी बाँहों में सचमुच किसी नवजात शिशु की तरह सिमट गई।

उसकी साँसों में अब लोहे को भी पिघला देने वाली तपिश थी।

साँसों की उस गर्मी में बर्फ और ज्यादा पिघलने लगी।

वह मेरी फर्स्ट नाइट थी।

5
लंदन में कैरियर की शुरूआत

शादी के बाद मेरी दुनिया एकदम से बदल गई।

कहते हैं, पत्नी लक्ष्मी होती है। उसके पैर पति के जीवन में नया भाग्य लेकर आते हैं।

अब मेरे नॉवल भी पब्लिश होने लगे थे।

मेरा पब्लिशर ब्रिटिश था और पूरे वर्ल्ड मार्किट में उसकी एप्रोच थी। मेरा पहला उपन्यास ही बेस्ट सैलर रहा और उसने सफलताओं के कई नए कीर्तिमान स्थापित कर डाले। फिर मैंने कभी पीछे पलटकर नहीं देखा।

आज महसूस होता है, छाया मेरे लिए लकी थी। वह अपने साथ किस्मत लेकर आई थी, जिसने मेरी कामयाबी के दरवाज़े खोल डाले।

लेकिन मैं न छाया के प्यार को समझ सका और न उस भाग्य को, जो उसके साथ चलकर मेरी ज़िंदगी में आया था। मैं तो बस शादी के बाद भी अपनी कहानियों में ही बिजी था।

फिर एक घटना घटी।

'ब्रो!' एक दिन मेरे पब्लिशर का मेरे पास फोन आया, 'देखो, मैं चाहता हूँ कि तुम अब लंदन में आकर सैटल हो जाओ।'

‘लंदन!’ मैं चौंका, ‘लेकिन मैं लंदन में रहूँगा कहाँ?’

‘मेरे होते तुम्हें यहाँ रहने की कोई प्रॉब्लम नहीं।’ पब्लिशर बोला, ‘सेंट्रल लंदन के हाइड पार्क में मेरे पास एक बहुत बड़ा बंगला है, जो खाली पड़ा है, तुम वहीं शिफ्ट हो जाओ। यहाँ रहोगे, तो हम नॉवल की पब्लिसिटी प्लानिंग भी मिल-जुलकर और बैटर कर पाएँगे।’

यह मेरे लिए एक बड़ी ऑप्चर्युनिटी थी, बहुत ज्यादा बड़ी।

सच तो ये है कि यह इंटरनेशनल मार्किट से जुड़ने का मेरे लिए एक सुनहरी मौका था। वैसे भी यह ग्लोबलाइजेशन का दौर है और ऐसे में जितना ग्लोबल सिटीजन बना जाए, उतना बैटर है। फिर ब्रिटेन तो अंग्रेजी साहित्य का एक बड़ा हब रहा है।

लेकिन छाया मेरी बातों से सहमत नहीं थी। उसे कोलकाता से बेहद लगाव था। वहाँ की सड़कें, ट्राम्स, रिक्शा वह कुछ भी तो नहीं छोड़ना चाहती थी। उसके रिश्तेदार और कॉलेज के फ्रेण्ड्स सब वहीं तो थे।

मगर मैं फैसला कर चुका था और आखिरकार वही हुआ, जो मैं चाहता था।

मैं छाया के साथ सेंट्रल लंदन के हाइड पार्क में शिफ्ट हो गया। हाइड पार्क का वह एरिया लंदन शहर के बेहद पॉश एरियाज में से एक है। फिर बंगला भी बहुत ख़ूबसूरत था। उसमें 5 बेडरूम थे। एक सर्वेंट क्वार्टर था। बंगले के बाहर एक छोटा-सा आउट हाउस भी था। सच तो यह है कि मुझे लेखन कार्य के लिए जैसे माहौल की ज़रूरत थी, मिल गया। मैं वहाँ पहुँचते ही लंदन के राइटर्स क्लब का मैम्बर भी बन गया था। मैं कई-कई घण्टे क्लब में वर्ल्ड फेमस राइटर्स के साथ दुनिया भर के लिटरेचर पर गपशप करते हुए गुजारता। पब्लिशर के साथ आगामी उपन्यास की प्लानिंग में भी मेरा काफी वक्त गुजरता और अगर मैं घर पर होता, तो सुबह से शाम तक अपने राइटिंग रूम में बंद रहता।

मैं लंदन पहुँचते ही अपनी दुनिया में व्यस्त हो गया था।

बंगले में हमने एक लेडी केयरटेकर भी रख ली थी।

बृंदा!

अच्छी औरत थी।

साउथ इण्डियन थी।

वह सुबह आती और बंगले की थोड़ी साज-सफाई तथा दूसरे जरुरी काम करके चली जाती।

छाया के लिए वह दिन बहुत मुश्किलों भरे थे। उसके वास्ते तो वहाँ कुछ करने के लिए था ही नहीं। उसकी दुनिया में सिर्फ मैं था। वह मुझसे बेइंतहा प्यार करती थी। छाया ज्यादा-से-ज्यादा वक्त मेरे साथ गुजारना चाहती थी।

मैं जब राइटिंग रूम में होता, तो वह मेरे पास आकर बैठ जाती और अपने दिल की ढेर सारी बातें मुझसे करना चाहती। लेकिन मेरे पास छाया को देने के लिए वक्त ही नहीं था। और छाया के पास वक्त गुजारने के लिए मेरे अलावा कोई और न था।

'प्लीज!' एक दिन मैं छाया के ऊपर चीख उठा, 'मुझे बार-बार डिस्टर्ब करने मेरे रूम में मत आया करो। इससे मेरी राइटिंग डिस्टर्ब होती है।'

'राइटिंग डिस्टर्ब!' छाया चौंकी, 'लेकिन स्टडी रूम में तुम अकेले ही तो होते हो प्रेम!'

'तुम्हें लगता है कि मैं यहाँ, इस तन्हा कमरे में अकेला होता हूँ।' मैं थोड़ा खीझकर बोला, 'लेकिन नहीं होता मैं यहाँ अकेला। इस बंद कमरे में मेरे आसपास मेरे केरेक्टर घूम रहे होते हैं। जो सिर्फ मुझे नज़र आते हैं। मुझसे बातें करते हैं। तुम एकाएक यूँ अन्दर घुसी चली आती हो, तो पूरा माहौल डिस्टर्ब हो जाता है।'

मैंने छाया को इतनी जोर से डाँटा कि उसकी आँखों में आँसुओं की बूंदे छलछला आईं।

उसने मुझसे एक शब्द न कहा।

वह चुपचाप चली गई।

यहीं से छाया की ज़िंदगी ने एक ऐसे पड़ाव पर कदम रखा, जिसकी वजह से इस कहानी की बुनियाद पड़ी।

दरअसल उस दिन के बाद से छाया के अंदर एक बड़ा भारी परिवर्तन मुझे देखने को मिला था। उसने एकाएक मुझे बिल्कुल डिस्टर्ब करना बंद कर दिया।

कोई एक महीना गुजर गया।

वह इस बीच एक बार भी मुझे डिस्टर्ब करने मेरे राइटिंग रूम में नहीं आई थी, उससे मेरी मुलाकातें या तो रात में बेडरूम में होती या फिर डायनिंग टेबिल पर ही उससे थोड़ी-बहुत बात करने का मौका मिलता।

शुरू में मुझे लगता था कि वह मुझसे नाराज है और जल्दी ही सब कुछ ठीक हो जाएगा। मैं जानता था, वह मुझसे शरारत किए बिना रह ही नहीं सकती थी।

लेकिन इस बार ऐसा न हुआ।

उसकी खामोशी लंबी हो गई। बल्कि अब तो उसका राइटिंग रूम में डिस्टर्ब करने के लिए न आना भी मुझे अजीब लगने लगा था।

6
छाया की दुनिया

एक दिन राइटिंग करते-करते जब मुझे फिर छाया की याद आई, तो मैं राइटिंग छोड़कर अपने स्टडी रूम से बाहर निकल आया और बंगले में छाया को ढूँढ़ने लगा। मैं यह देखकर हैरान रह गया कि छाया न बेडरूम में थी, न किचन में और न लीविंग एरिया में।

कहाँ गई छाया?

एकाएक मैंने बड़ी बेचैनी के साथ पूरा बंगला छान मारा, लेकिन छाया मुझे कहीं न मिली।

तभी मुझे बृंदा दिखाई दी, जो लीविंग एरिया में थोड़ी साज-सफाई कर रही थी।

'छाया कहाँ है?' मैंने उससे छूटते ही पूछा।

'वह तो पूरे दिन बाहर आउट हाउस में होती हैं।' बृंदा ने तुरंत जवाब दिया, इतना ही नहीं उन्होंने मुझे भी सख्त इंस्ट्रक्शन दे रखी है कि मैं वहाँ न आया करूँ।'

'आउट हाउस में?'

छाया के वहाँ होने की तो मैंने भी कल्पना न की थी।

मैं भागकर आउट हाउस के पास पहुँचा।

आउट हाउस का दरवाज़ा बंद था।

मैंने जोर-जोर से दरवाज़ा भड़भड़ाया, तो छाया ने ही दरवाज़ा खोला। मुझे वहाँ देखकर वह एक पल के लिए कुछ सकपका उठी।

'तुम!' वह थोड़ा हैरानी से बोली, 'यहाँ?'

'यह सवाल तो मुझे तुमसे पूछना चाहिए।' मैंने उससे कहा, 'पूरे बंगले में मैंने तुम्हें छान मारा। क्या कर रही हो तुम यहाँ?'

छाया को एक तरफ हटाकर मैं आउट हाउस के अंदर ऐंटर हो गया। और आउट हाउस के अंदर का जो दृश्य मैंने देखा, वह किसी को भी हैरान कर देने के लिए पर्याप्त था।

वहाँ तांत्रिक कल्चर, ब्लैक मैजिक, अफ्रीकन वुडु और वेस्टर्न ड्राक्युला मिथ के ऊपर किताबें भरी हुई थीं। इसके अलावा इंसानी हड्डियाँ, ऐनीमल स्कल्प, सांप और छिपकली की खालों के अलावा और भी कई डरावनी चीज़ों की वहाँ भरमार थी।

सच तो यह है, आउट हाउस उस समय जादू-टोना करने वाले किसी तांत्रिक का पूरा डेन नजर आ रहा था। आत्माओं का आह्वान करने के लिए प्लेनचेट भी वहाँ बिछी हुई थी।

'छाया!' मेरी हैरानी अब और भी ज्यादा बढ़ चुकी थी, 'यह सब क्या कर रही हो तुम यहाँ?'

'जैसे किस्से-कहानियों की दुनिया तुम्हारी है प्रेम!' वह मुझे प्यार से परिमल की जगह ''प्रेम'' कहती थी, 'वैसे ही यह मेरी दुनिया है। तंत्र-मंत्र की दुनिया। आत्माओं की दुनिया! तुम तो जानते हो, मेरे मम्मी-डैडी की एक कार एक्सीडेंट में डेथ हो गई थी, लेकिन मैंने इस प्लेनचेट पर उनकी आत्मा का आह्वान करके उन्हें यहाँ बुला लिया है। मैं रोजाना उनसे बातें करती हूँ। मेरे मम्मी-डैडी मेरे आसपास होते हैं। जब तुम अपनी कहानियों की दुनिया में

बिजी होते हो प्रेम, तब मैं अपनी इस दुनिया में बिजी होती हूँ।'

'छाया!' मैं चीख उठा, 'लगता है तुम पागल हो गई हो। कोई भूत-प्रेत, आत्माएँ नहीं होती। यह सब तुम्हारा वहम है! वहम!'

'नहीं प्रेम!' छाया पूरी दृढ़ता से बोली, 'यह मेरा वहम नहीं है–आत्माएँ होती हैं, जो इंसान वक्त से पहले मर जाते हैं, जिनकी इच्छाएँ अधूरी होती हैं, उनकी आत्मा मरने के बाद भी हमारे आसपास भटकती हैं। बस हमारी आँखें उन्हें देख नहीं पातीं। लेकिन अगर हम उनकी आत्मा का आह्वान करें, तो वह हमारे पास आ जाती हैं। हमें दिखाई देने लगती हैं।'

'छाया!' मैं फिर गला फाड़कर चिल्लाया, 'तुम इस तरह की बातें करोगी, मैं कभी ख़्वाब में भी नहीं सोच सकता था। चलो, फ़ौरन बाहर निकलो यहाँ से।'

मैंने छाया का हाथ पकड़कर उसे ज़बरदस्ती आउट हाउस से बाहर निकालकर ले जाना चाहा, लेकिन छाया ने झटका देकर मेरे हाथ से अपना हाथ छुड़ा लिया।

'नहीं प्रेम!' छाया भी एकदम तेज स्वर में बोली, 'यह मेरी दुनिया है। जिस तरह तुम्हें अपनी कहानियों की दुनिया में मेरा आना पसंद नहीं, उसी तरह मैं भी नहीं चाहती कि तुम भी मेरी इस रहस्यमयी दुनिया में आओ। इस बंद कमरे में मेरे आसपास मेरे कैरेक्टर घूम रहे होते हैं। वह मुझसे बातें करते हैं। चले जाओ यहाँ से प्रेम! और आज के बाद कभी मेरी इस दुनिया में कदम मत रखना।'

छाया ने मुझे आउट हाउस से बाहर निकालकर मेरे मुँह पर जोर से दरवाज़ा बंद कर दिया।

मैं हतप्रभ-सा अपनी जगह खड़ा रह गया।

स्तब्ध!

छाया से उस तरह के बिहेवियर की मुझे उम्मीद नहीं थी।

मैं सोच भी नहीं सकता था कि छाया का एक दिन मुझे वह रूप भी देखने को मिलेगा?

मैं सरप्राइज था।

छाया तांत्रिक बन चुकी थी।

जिससे मैं कभी बेइंतहा प्यार करता था, मेरी वही छाया अब आत्माओं की दुनिया में दाखिल हो गई थी।

7
ज़बरदस्त सदमा

उस घटना ने मुझे डरा दिया था।

मैंने सपने में भी नहीं सोचा था कि छाया का अकेलापन उसे तंत्र-मंत्र की उस खौफनाक दुनिया में लेकर चला जाएगा।

तंत्र-मंत्र की वह दुनिया सच में बेहद सिहरन पैदा करने वाली थी

उस घटना के बाद से मैंने छाया का काफी ध्यान रखने की कोशिश की। मैं चाहता था कि छाया आउट हाउस में न जाए। तंत्र-मंत्र की जो दुनिया उसकी ज़िन्दगी का हिस्सा बन चुकी थी, वह उस दुनिया से बाहर निकले।

ऐसा हुआ, लेकिन कम-से-कम मेरी कौशिशों की वजह से नहीं हुआ।

उन्हीं दिनों छाया प्रेगनेंट हो गई थी।

जब उसे यह पता चला कि वह प्रेगनेंट है, तो वह खुशी से भर उठी।

उसे लगने लगा, जैसे उसके उस अकेलेपन को दूर करने के लिए भगवान उस घर में मानो कोई फरिश्ता भेजने वाला है।

उस खबर ने उसके शरीर में अजीब-सी स्फूर्ति पैदा कर दी थी।

अपने आने वाले बच्चे को लेकर एकाएक उसने अपनी एक अलग दुनिया सजा डाली।

छाया ने बंगले के एक रूम को पूरी तरह से बच्चे के रूम में कन्वर्ट कर दिया था। वहाँ वो ढेर सारे खिलौने ले आई। दीवारों पर डोनाल्ड डक, मिकी माउस और डोरीमोन की तस्वीरों ने ले ली। एक ख़ूबसूरत पालना भी वहाँ बीच में लाकर डाल दिया। इतना ही नहीं, उसके जन्म से पहले ही उसने उसके कपड़ों की भी अच्छी-खासी परचेजिंग कर ली थी।

छाया उन दिनों बहुत खुश थी और उसे खुश देखकर मैं खुश था। तंत्र-मंत्र की दुनिया को तो जैसे वह बिल्कुल भूल चुकी थी। आउट हाउस में जाते हुए फिर कभी मैंने उसे नहीं देखा।

वह हमारी शादीशुदा ज़िन्दगी के सबसे ख़ूबसूरत दिन थे। मैं भी अब छाया को काफी वक्त देने लगा था। मैंने राइटर्स क्लब जाना बिल्कुल बंद कर दिया। मैं या तो अपने स्टडी रूम में बैठकर राइटिंग करता या फिर बाकी का वक्त छाया के साथ गुजारता। कोलकाता की तरह ही हमने लंदन के मशहूर ''वेस्ट एंड थियेटर'' में कई प्ले देखे और ''प्रिंस चार्ल्स'' सिनेमा में भी कई फिल्में देखीं।

लंदन से हमें पहली बार प्यार हो रहा था।

वो अजनबी शहर हमें अब अपना लगने लगा था।

छाया बहुत खुश थी।

छाया ऐसी ज़िंदगी ही तो चाहती थी।

'जानते हो प्रेम!' एक रात छाया ने बड़े प्यार से मेरा हाथ अपने हाथ में लेकर कहा, 'तुम्हारा यही प्यार तो चाहिए था मुझे, यही प्यार! तुम्हें और अब बच्चे को पाकर मुझे ऐसा लगने लगा है, जैसे पूरी कायनात मुझे मिल गई है। अब कोई ख्वाहिश, कोई तमन्ना मेरी बाकी नहीं रही। अब तो मुझे उस दिन का बेसब्री से इंतजार है, जब हमारे प्यार की निशानी वह नन्हा-मुन्ना मेरी बाँहों में खेलेगा। जानते हो अगर हमारे लड़का हुआ, तो मैं उसका नाम अंश रखूँगी।

तुम्हारा अंश! मेरे प्रेम का अंश! और अगर लड़की हुई, तब तो मैं उसका नाम तुम्हारे नाम पर ही रखने वाली हूँ , परी।'

'और तुम्हारा नाम?' मैंने छाया की आँखों में झाँका।

'मेरा पूरा वजूद, मेरी पूरी शख्सियत तो सिर्फ तुमसे है प्रेम!' छाया वह शब्द बोलते हुए बेहद इमोशनल हो गई थी, 'अगर तुम नहीं, तो मैं नहीं। तुम्हारे बिना तो मैं तपते रेगिस्तान में गिरी बारिश क़ी उस बूंद की तरह हूँ, जो गिरते ही अपना वजूद खो देती है।'

'छ . . . छाया!' मैंने एकाएक भावुक होकर छाया को अपनी बाँहों में समेट लिया।

जबकि छाया की आँखों में भी अब आँसू आ गए थे।

यह छाया के प्यार की इंतहा थी।

मेरे बिना उसे अपना कोई वजूद तक नजर नहीं आता था। मैं था, तो वो थी और आज जब आगे घटने वाली घटनाओं को याद करता हूँ, तो लगता है कि वह थी, तो शायद मैं था।

फिर बेहद हृदयविदारक घटना घटी।

वह घटना जिसने छाया की हर खुशी, हर सपना तोड़ डाला।

नौ महीने, पूरे नौ महीने उसने मेरे प्यार की निशानी को अपनी कोख में ऐसे पाला था कि उसकी जरा-सी आहट पर वह सोते से उठकर बैठ जाती। उसे दर्द होता, तो जैसे उस दर्द को वह महसूस करती।

7 नवम्बर!

बच्चे की यह वो डिलीवरी डेट थी, जो डॉक्टर ने बताई थी।

लेकिन होनी को कौन टाल सकता है?

4 नवम्बर की वह बेहद खौफनाक रात थी, जब छाया को लेबर पेन स्टार्ट हो गया।

यानि 3 दिन पहले ही।

उफ़!!!

वह सच में बेहद खौफनाक रात थी।

उस समय मध्य रात्रि के लगभग 2 बज रहे थे, जब छाया ने मुझे झंझोड़कर सोते से जगाया।

'प्रेम- प्रेम!'

'क्या हुआ?' मैं उनींदी-सी अवस्था में उठा।

'मुझे दर्द हो रहा है, बहुत तेज़ दर्द!'

'दर्द?'

'यस, लेबर पेन!'

मैं एकदम हड़बड़ाकर खड़ा हो गया।

मुझे अब उसे कार में लेकर फ़ौरन हॉस्पिटल भागना था।

लेकिन जब तक मैंने कार की चाबी तलाश की, तब तक छाया की तबियत और बिगड़ गई। वह दर्द से बुरी तरह छटपटाने लगी।

'नहीं।' वह दर्द से तड़पने लगी थी, 'मैं हॉस्पिटल नहीं जा पाऊँगी।'

'फ... फिर...?'

मेरे हाथ-पैर फूल गए।

छाया की अब सच में बुरी हालत थी।

वह यूँ छटपटा रही थी, जैसे मछली छटपटाती है।

जल्द ही उसकी अब चीखें भी निकलने लगीं।

मैं फ़ोन की तरफ झपटा और जल्दी से हॉस्पिटल फ़ोन लगाया।

'सेंड द डॉक्टर!' मैं चीख उठा, 'मेक इट क्विक! माई वाइफ इज इन लेबर पेन! शी इज गोइंग टू डिलीवर।'

'गिव मी युअर एड्रेस प्लीज़!' दूसरी तरफ से भी हड़बड़ाहट में कहा गया।

वह हॉस्पिटल की रिशेप्निस्ट थी, जो मेरे चीखने की आवाज़ सुनकर हड़बड़ा उठी थी।

एड्रेस सुनते ही उसने फ़ौरन फोन पटक दिया। शायद वो मेरे पास डॉक्टर भेजने में जुट गई थी।

हम इंडियन के मुकाबले ब्रिटिश हॉस्पिटल ज्यादा एफिशेंट हैं।

इंसानी ज़िंदगियों की उन्हें ज्यादा कद्र है।

पंद्रह मिनट भी नहीं गुजरे होंगे कि 3 डॉक्टर्स का एक पूरा दल वहाँ पहुँच गया।

लेकिन इन पंद्रह मिनट में छाया की हालत बुरी हो गई थी। वह मेरी बाँहों में ऐसे छटपटा रही थी, जैसे अब उसके प्राण निकले। अब निकले।

उफ़!

मैंने कभी किसी को दर्द से इतनी बुरी तरह छटपटाते नहीं देखा था।

और वह तो मेरी छाया थी।

लगातार उसके मुँह से चीखें खारिज़ हो रही थीं।

उसकी चीखों में भी दर्द था।

तड़प थी।

डॉक्टर्स की टीम ने आते ही छाया को अपने काबू में ले लिया।

बंगले का एक रूम हॉस्पिटल में कन्वर्ट हो गया था।

डॉक्टर्स की वह टीम अपने साथ तकरीबन जरुरत का हर सामान लाई थी।

छाया के साथ वह सब एक रूम में बंद हो गए।

मैं बाहर हॉल में था।

बहुत बैचेन था।

बड़ी व्यग्रता के साथ हॉल में इधर-से-उधर टहल रहा था। छाया की चीखें लगातार मेरे कान के पर्दे से टकरा रही थीं।

'हे भगवान!' मेरे हाथ खुद-ब-खुद छत की तरफ जुड़ गए, 'मेरी छाया की रक्षा करना।'

मेरी आँखों में आँसुओं की नन्ही-नन्ही बूंदें झिलमिला उठी थीं।

उसी कश-म-कश में आधा घंटा गुजर गया।

ठीक आधा घंटे बाद एकाएक छाया के चीखने की आवाज़ें एकदम से बंद हो गई और मेरे कानों में किसी अबोध बच्चे के रोने की आवाज़ सुनाई पड़ी।

मैंने राहत की साँस ली।

डिलीवरी हो गई थी।

तभी बड़ी हड़बड़ी में उस रूम का दरवाज़ा खुला और डॉक्टर्स की टीम में से एक आदमी भागता हुआ बाहर आया।

उसने उस समय हाथों में ग्लिब्स पहने हुए थे, जो खून में तर-ब-तर थे। उसके चेहरे पर ज़बरदस्त हवाइयाँ उड़ रही थीं।

'मिस्टर परिमल! मिस्टर परिमल!!' वह बाहर आते ही बोला, 'इट्स अ सन। बट सॉरी वी कुड नॉट सेव युअर वाइफ।'

'व्हाट????'

मेरी चीख निकल गई।

जैसे कोई बम मेरे सिर पर गिरा।

मैं कमान से छूटे तीर की भाँति रूम की तरफ भागा।

रूम में कदम रखते ही मेरे होश उड़ गए।

उफ़!!!

सामने छाया थी।

मेरी छाया!

वह बिस्तर पर पड़ी आहिस्ता-आहिस्ता अब दर्द से छटपटा रही थी।

उसकी चीखें बंद थीं।

बस अब वह आखिरी साँसें ले रही थी।

यह सोचते ही मैं काँप उठा, मेरी छाया मर रही है।

छाया!

जो सच में मेरी छाया थी।

मेरी परछाई!

मेरी वही छाया अब मेरा साथ छोड़कर जा रही थी।

मैं जब रूम में एंटर हुआ, तब छाया की निगाहें दरवाज़े की तरफ ही थीं, जैसे वह मेरा ही इंतज़ार कर रही थी।

उसकी आँखों में आँसू थे।

होंठ कंपकंपा रहे थे, जैसे वह मुझसे कुछ कहना चाहती थी। लेकिन शब्द उसका साथ नहीं दे रहे थे।

गले का वोकल कार्ड जैसे भाव शून्य हो गया था।

मैं भागकर छाया के पास पहुँचा।

उसका हाथ अपने हाथ में ले लिया।

उसने भी मेरा हाथ कसकर पकड़ लिया।

उसने भी मेरी आँखों में देखा।

उफ़!

मैं शब्दों में व्यक्त नहीं कर सकता, कितनी तड़प, कितनी बैचेनी घुली थी उसकी आँखों में।

जैसे सारी दुनिया का दर्द आकर उसके चेहरे पर सिमट गया था।

'छ . . . छाया!' मैं रो पड़ा, 'छाया!'

उसी पल छाया ने एक हल्की-सी हिचकी ली और उसकी आँखें मुंदती चली गईं।

आप यकीन मानों, मैंने छाया की रूह निकलती खुद महसूस की।

पहली बार मैंने किसी को इतना करीब से मरते देखा।

जब छाया की रूह निकल रही थी, तब उसने मेरा हाथ और कसकर पकड़ लिया था।

रूम में हमारे बच्चे के रोने की आवाज़ लगातार गूँज रही थी।

मैं छाया से लिपटकर हिड्कियों से रो पड़ा। बिलकुल किसी अबोध बच्चे की तरह बिलख-बिलखकर रो पड़ा।

मैं शॉक्ड था।

बेहद हैरान!

छाया मर गई।

मेरी छाया।

उसने एक बार आँख भरकर उस बच्चे को देखा तक नहीं, जिस बच्चे को लेकर नौ महीने से इतने सपने सजा रखे थे उसने।

मैंने सोचा भी नहीं था कि छाया एकाएक मुझे यूँ छोड़कर चली जाएगी। उसके बिना ज़िंदगी की तो मैंने कभी कल्पना भी नहीं की थी।

उसने जिस लड़के को जन्म दिया था, वह बिल्कुल शक्ल-सूरत में छाया जैसा था।

कहते हैं बेटा अगर माँ पर हो, तो वह बहुत भाग्यशाली होता है। अब सोचता हूँ कैसा भाग्य लेकर जन्मा था वो, जो पैदा होते ही माँ के प्यार से वंचित हो गया।

डॉक्टर ने बड़ी मुश्किल से उसका हाथ मेरे हाथ से अलग कराया।

'लगता है, बहुत प्यार करती थी आपकी पत्नी आपसे।' डॉक्टर भी भाव-विह्वल स्वर में बोला, 'छोड़कर नहीं जाना चाहती थी आपको।'

मैं क्या कहता उससे।

बस दोबारा फूट-फूटकर रो पड़ा।

रूम में हमारे बेटे अंश के रोने की आवाज़ें भी गूँज रही थीं। जिस बच्चे को वह हर खुशी देना चाहती थी, उसी को वह रोता-बिलखता छोड़कर चली गई थी।

◆

फिर वह समय भी आया, जब छाया का अंतिम संस्कार किया गया। कैसी विचित्र विडंबना है, जिस शरीर की हम सारी उम्र देखभाल करते हैं, उसी को

मृत्योपरांत पवित्र अग्नि की भेंट कर दिया जाता है। पूरा शरीर धूँ-धूँ करके जल उठता है।

शवदाह गृह के बाहर बृंदा हमारे बेटे अंश को संभाले एक कार में बैठी थी।

अंश के भीषण क्रंदन की आवाज़ें अन्दर तक आ रही थीं। छाया की चिता पर जैसे वह आवाज़ें ओवरलेप हो रही थीं। आखिर उस अबोध बच्चे की माँ को जलाया जा रहा था।

उसकी परवरिश कौन करता?

कौन पिलाता उसे दूध?

छाया की चिता से लपटें उठीं, लेकिन जितनी तेजी से वह उठीं, उतनी तेजी से ही वह बिना शरीर जलाए बुझ गई।

'यह अपशगुन है।' पण्डित टेंशन में बोला, 'मैंने आज तक किसी चिता को इस तरह बीच में बुझते नहीं देखा। ऐसा तभी होता है, जब आत्मा शरीर ना छोड़ना चाहती हो।'

दोबारा छाया की चिता को अग्नि दी गई। फिर वही हुआ, चिता पुनः बीच में ही बुझ गई।

बड़ी मुश्किल से छाया का शरीर जला।

'एक बात कहूँ साहब! आपकी पत्नी इस दुनिया से जाना नहीं चाहती थी। अकाल मृत्यु हुई है उनकी। कोई चीज़ है, जो उनकी पीछे छूट गई है और जिससे बेहद मोह था उनका।'

अब मैं पण्डित को कैसे बताता कि उसकी जान मुझमें और अपने बच्चे में अटकी हुई थी।

छाया की मौत के साथ इस कहानी का अंत नहीं हुआ।

बल्कि वह तो एक अद्‍भुत कहानी का प्रारम्भ था।

ऐसी कहानी, जो अमर हो गई।

प्यार कहने को ढाई अक्षर, लेकिन इंसान कई बार उस प्यार को हासिल करने के लिए विधि के विधान तक से टकरा जाता है।

8
छाया की यादें

अगले कुछ दिन मेरे लिए परीक्षा से भरे हुए थे।

मैं टूट-टूटकर बिखर गया।

मुझे न जाने क्यों ऐसा लगने लगा, जैसे यह दुनिया भी किसी और दुनिया का नरक है, जहाँ हमें बस तकलीफें उठाने भेजा जाता है।

दर्द सहने भेजा जाता है।

छाया का एकाएक यूँ मुझे छोड़कर चले जाना मेरे लिए एक बड़े सदमे जैसा था। मुझे कुछ समझ ही नहीं आ रहा था कि मैं क्या करूँ? छाया का प्यार मेरी ज़िंदगी में नमक की तरह था, जो खाने में रहता है, मगर दिखाई नहीं देता। लेकिन अगर वह खाने में न हो, तो उसकी बहुत कमी महसूस होती है।

छाया की अपनी ज़िंदगी में उस वक्त मुझे इतनी कमी महसूस हो रही थी, जिसे मैं शब्दों में व्यक्त नहीं कर सकता।

अभी तक मुझे लगता था कि छाया घर में रहकर कोई काम ही नहीं करती, वह खाली रहती है। मगर अब छाया की मौत के बाद मुझे अहसास हुआ कि उसने मेरी कितनी जिम्मेदारियाँ उठाई हुई थीं।

मेरे कपड़ों, खाने और घर के तमाम छोटे-बड़े सामान से लेकर हर व्यवस्था

उसने अच्छी तरह हेण्डिल कर रखी थी। अब वह सारे इंतजाम एकाएक मेरे ऊपर आ गए थे।

लिखना तो मैं बिल्कुल भूल चुका था।

अंश के पालन-पोषण की जिम्मेदारी हालाँकि मैंने बृंदा को दे दी थी, लेकिन बृंदा से अंश हेण्डिल ही नहीं होता था। वह पूरा दिन बस जोर-जोर से रोता रहता।

'साहब, बाबा चुप ही नहीं हो रहा है।' बृंदा बेहद परेशान हालत में मेरे रूम में आकर बोली, 'मैं तमाम कोशिशें कर-करके थक चुकी हूँ। कल से उसने दूध भी नहीं पीया है। आप ही बताओ साहब, मैं क्या करूँ?'

मेरी आँखों में आँसू आ गए।

अंश के भीषण क्रन्दन का स्वर अभी भी मेरे कानों में पड़ रहा था। वह मानो चीख-चीखकर छाया को पुकार रहा था।

पूरे बंगले में एकाएक बेहद बेचैनी से भरा माहौल बन गया था।

'मैं इस बारे में क्या बता सकता हूँ।' मैं बेहद हताश स्वर में बृंदा से बोला, 'तुम ही कुछ कोशिश करो।'

बृंदा चली गई।

उसके पीछे-पीछे चलता हुआ मैं भी अंश के रूम में आया। वहाँ की एक-एक चीज़ छाया के हाथ से सजी हुई थी।

अंश के खौफनाक रूदन के बीच मुझे छाया के शब्द याद आए, 'जो इंसान वक्त से पहले मर जाते हैं, मगर जिनकी इच्छाएँ अधूरी होती हैं, उनकी आत्मा मरने के बाद भी हमारे आसपास भटकती हैं। बस हमारी आँखें उन्हें देख नहीं पातीं। लेकिन अगर हम उनकी आत्मा का आह्वान करें, तो वह हमारे पास आ जाती हैं। हमें दिखाई देने लगती हैं।'

मैंने अब बड़ी बेचैनी के साथ इधर-उधर देखा।

'तो क्या?' मेरे मन में प्रश्न कौंधा, 'तो क्या छाया की आत्मा यहीं है, इसी बंगले में, मेरे और अंश के आसपास?'

'क्या छाया की आत्मा को बुलाया जा सकता है?'

मेरी बेचैनी अब हद से ज्यादा बढ़ चुकी थी।

अंश के रोने की आवाज़ें जैसे अब मेरे कानों तक नहीं पहुँच रही थीं।

मैं तेज-तेज कदम उठाता हुआ बंगले से बाहर निकला।

◆

मैं आउट हाउस के दरवाज़े पर पहुंचा।

फौरन छाया की आवाज़ें फिर कानों में पड़ीं, 'यह मेरी दुनिया है प्रेम! चले जाओ यहाँ से और आज के बाद कभी भी मेरी इस दुनिया में कदम मत रखना।'

मैंने आउट हाउस के दरवाज़े की तरफ देखा। वह हमेशा की तरह बंद था।

मैं हालाँकि भूत-प्रेत और आत्माओं में यकीन नहीं रखता, लेकिन छाया से एक बार और मिलने की चाहत मुझे उस दुनिया में खींचकर ले जा रही थी और मैंने छाया की उस दुनिया में कदम रख ही दिया।

आउट हाउस का दरवाज़ा खोलकर मैं अंदर दाखिल हुआ।

अंदर पहले जैसा ही बेहद तिलस्मी वातावरण था।

थोड़ा खौफनाक माहौल था।

धूल थी।

रोशनी का बस हल्का-सा धुंधलका वहाँ फैला था, जैसे उस धुंधलके के हर कोने में एक आत्मा छुपी हो, जो बस कभी भी वहाँ प्रकट हो सकती थी।

न जाने क्यों आउट हाउस में कदम रखते ही मेरे शरीर में हल्की-सी सिहरन दौड़ गई।

प्लेनचेट अभी भी वहाँ बिछी थी और सेल्फ पर तंत्र-मंत्र, जादू-टोने से संबंधित किताबों की भरमार थी। रोशनदान से बहुत हल्की रोशनी छनकर उन किताबों पर पड़ रही थी, जिसकी वजह से सारा माहौल बेहद तिलस्मी हो गया था। वहीं एक लव बर्ड भी रखा था।

लव बर्ड को देखकर मैं एक बार फिर भावुक हो उठा। मैंने ही शादी की पहली रात छाया को वह लव बर्ड गिफ्ट दिया था।

मुझे अपने वह शब्द भी याद आए, जो लव बर्ड देते समय मैंने छाया से कहे थे।

'जानती हो, हम दोनों लव बर्ड की तरह हैं।' मैंने बेहद प्यार से छाया की आँखों में झाँकते हुए कहा था, 'हम कभी भी एक-दूसरे से अलग नहीं हो सकते। और अगर हमें एक दूसरे से अलग किया गया, तो . . . तो मर जाएँगे हम दोनों।'

अपने वह शब्द याद करके खुद मेरी आँखों में आँसू आ गए।

छाया ने तो मेरे प्यार के उस तोहफे को हमेशा अपने दिल से लगाकर रखा था, बस मैं ही मौत के उस सफर में उसका साथ न दे सका। मैं अभी भी जिंदा था।

मैंने लव बर्ड को ऐसे छुआ, जैसे छाया को स्पर्श कर रहा होऊँ।

'नहीं।' मेरे दिल से आवाज़ उठी, 'कोई हमें एक-दूसरे से अलग नहीं कर सकता। भगवान भी नहीं। मैं अपनी छाया को वापस इस घर में लेकर आऊँगा, चाहे वह आत्मा के तौर पर ही क्यों न हो।'

मुझे छाया से मिलने की एक नई उम्मीद नजर आने लगी थी। मैं जल्दी से चलता हुआ बुक शेल्फ के नजदीक पहुँचा और वहाँ रखी ''टॉक टु स्पिरीट'' (आत्मा से बातचीत) नामक बुक उठा ली। फिर मैं वहीं रखी छाया की रॉकिंग चेयर पर बैठकर जल्दी-जल्दी वह बुक पढ़ने लगा।

मैं जानना चाहता था कि आत्मा का आह्वान कैसे किया जाता है।

वह दुनिया मेरे लिए नई थी, लेकिन बेहद रोमांचित कर देने वाली थी।

बाहर से अंश के रोने की आवाज़ें अभी भी आ रही थीं।

एक बार मैंने वह बुक पढ़नी शुरू की, तो फिर पूरी बुक एक ही बैठक में पढ़ गया।

प्लेनचेट पर आत्मा का आह्वान करके उसे कैसे बुलाया जाता है, इसकी काफी कुछ जानकारी वह बुक पढ़कर मुझे हो चुकी थी।

◆

यकीन मानिए, मैं अब एक अजीब-सी उत्तेजना से भरा हुआ था।

उसी शाम मैं मार्किट जाकर आह्वान में काम आने वाला काफी सारा सामान लेकर वापस घर आ गया। सामान में अजीब-अजीब चीज़ें थीं। जैसे केण्डिल्स के पैकिट, लोबान, सिंदूर, कपूर और नींबू इत्यादि।

फिर उसी रात मैंने आउट हाउस के अंदर बंद होकर छाया की आत्मा का आह्वान किया।

अंश के रोने की आवाज़ें अभी भी आ रही थीं। बृंदा उसी के रूम में उसे चुप कराने की कोशिश कर रही थी, लेकिन असफल थी। अंश को रोते हुए आज पूरा दिन हो गया था। रोते-रोते उसकी आवाज़ सुनकर खौफ भी लगने लगा था।

चार घण्टे तक मैं छाया की आत्मा का आह्वान करता रहा, लेकिन कुछ न हुआ। चार घण्टे बाद एकाएक केण्डिल्स अपने आप भकभकाकर बुझ गई। सिंदूर बिखर गया और लोबान भी जलते-जलते खुद-ब-खुद राख में तब्दील हो गया था।

मुझे कुछ समझ में न आया, क्या हुआ है।

हाँ, इतना तय था कि छाया की आत्मा नहीं आई थी।

'मैं भी पागल हूँ।' मैंने मन-ही-मन अपना मजाक उड़ाया, 'छाया के प्यार की वजह से मैं इस तरह की बातों पर भरोसा करने लगा।'

मैंने सारा सामान एक बॉक्स में बंद करके रख दिया और फिर अपने बेडरूम में आकर लेट गया।

हाँ, उस घटना के बाद एक करामाती बात ज़रूर हुई थी, अंश का रोना बंद हो गया।

कैसे?

इस सवाल का जवाब मेरे पास भी नहीं था। बस मेरे लिए राहत की बात यही थी कि अंश अब सो गया था और सोने से पहले उसने दूध भी पीया था।

◆

अगले दिन सुबह जब मैं सोकर उठा, तो मैंने खुद को काफी फ्रैश फील किया। न जाने क्यों वह सुबह एक नई ताजगी और ऊर्जा से भरी हुई थी।

मौसम भी आज बेहद खुशगवार नज़र आ रहा था। बीबीसी चैनल पर भी कुछ अच्छी ख़बरें प्रसारित हो रही थीं। भारतीय प्रधानमंत्री लंदन पहुँचने वाले थे और वहाँ उनके आवभगत की बड़ी तैयारियाँ की जा रही थीं।

सब कुछ अच्छा और उत्साह से भरा हुआ था।

अंश के रोने की आवाज़ अभी भी नहीं आ रही थी।

मैं अपने बेडरूम से बाहर निकलकर आया, लीविंग एरिया में ही मुझे बृंदा दिखाई दे गई।

'क्या बात है।' मैंने बृंदा से हैरान होकर पूछा, 'क्या अंश अभी सोकर नहीं उठा है?'

'नहीं साहब!' बृंदा बेहद उत्साहपूर्वक बोली, 'वह तो सुबह ही उठ गया था। उसने दूध भी पीया और अब पालने में पड़ा खिलौनों से खेल रहा है।'

वह सचमुच मेरे लिए हैरानी की बात थी।

मैं अब जल्दी से अंश के रूम में गया और उसे देखा। बृंदा की बात सच थी, अंश सचमुच पालने में पड़ा खिलौनों से खेल रहा था और खुश था। वह बीच-बीच में किलकारी भी मारने लगता था।

तभी एकाएक मेरी निगाह उसी रूम में लगे एक बड़े मिरर पर पड़ी, मुझे ऐसा लगा जैसे मिरर में मैंने छाया को देखा हो।

लेकिन अब वहाँ छाया नहीं थी।

ज़रूर वो मेरा वहम था।

मैंने आगे बढ़कर बड़े प्यार से अपने बेटे अंश को अपनी बाँहों में उठाया, उसे किस किया तथा फिर उसे वापस पालने में लिटाकर मैं अपनी स्टडी रूम में आ गया।

तब तक बृंदा मेरे लिए बेड-टी भी ले आई थी। मैं छाया को याद करता हुआ इत्मीनान से चाय सिप करने लगा।

चाय काफी गरम थी और उसमें से भाप निकल रही थी, एकाएक मैंने भाप में साफ-साफ एक चेहरा बनते हुए देखा।

चेहरा जो मुझे देखकर मुस्करा रहा था।

मैं चौंक उठा।

वह छाया का चेहरा था।

छाया!

जो मेरी तरफ देखकर मुस्करा रही थी।

मैं चाय पीना भूल गया।

नहीं-नहीं . . . यह मेरा वहम नहीं हो सकता था। इस बार मैंने छाया का चेहरा बहुत साफ देखा था।

तभी हवा का एक झोंका मेरे पास आया और वह मेरे कान में बहुत धीरे से सरसराया, 'आई लव यू प्रेम, आई लव यू! मैं तुम्हारे आसपास ही हूँ, इसी घर में।'

उफ्फ!

मेरे पूरे जिस्म में जैसे सनसनाहट दौड़ गई।

हे भगवान, वह छाया की आवाज़ थी। हाँ, वह छाया ही थी। उस आवाज़ को तो मैं करोड़ों में पहचान सकता था और ''प्रेम'' तो सिर्फ वही मुझे कहती थी, सिर्फ छाया!

तो क्या छाया वहाँ आ चुकी थी?

क्या मेरे आह्वान में कुछ कमी रह गई थी, जो वह मुझे दिखाई नहीं दे रही थी?

मैं चाय पीना भूल गया।

मैं जल्दी से उठकर आउट हाउस की तरफ बढ़ा।

'आप कहीं जा रहे हैं साहब?' लीविंग रूम में मौजूद बृंदा ने मुझसे पूछा।

'नहीं।' मैं जल्दी से बोला, 'बाहर आउट हाउस में हूँ और वहाँ कुछ अर्जेण्ट

काम कर रहा हूँ। तुम अंश का ध्यान रखो और वहाँ मुझे डिस्टर्ब करने के लिए न आना।'

'ठीक है साहब!'

मैं तुरंत आउट हाउस में पहुँचा और वहाँ पहुँचकर मैंने दरवाज़ा अंदर से बंद कर लिया। फिर मैंने बॉक्स खोलकर जल्दी-जल्दी आह्वान का सारा सामान निकाला और प्लेनचेट के चारों तरफ केण्डिल्स जला दीं। नींबू काटकर बीच में रख दिए और सिंदूर तथा कपूर भी उन्हीं के पास रखा।

एक बार फिर मैंने छाया की आत्मा का आह्वान करना शुरू कर दिया। इस बार मैं पहले की अपेक्षा ज्यादा यकीन के साथ आह्वान कर रहा था। मंत्र मेरे मुँह से किसी कुशल ब्राह्मण की तरह धाराप्रवाह निकल रहे थे।

मैं जाप करता रहा।

काफी देर तक करता रहा।

आउट हाउस में फैला धुंधलका जैसे और गहरा हो गया था।

उस धुंधलके के कोनों में छिपी आत्माएँ जैसे चीखने लगी थीं। क्रंदन करने लगी थीं।

वह सबकी सब जैसे हँसते हुए एक साथ प्रकट होना चाहती थीं।

तभी एकाएक आउट हाउस की बंद विंडो धमाके के साथ अपने आप खुल गई।

सारी केण्डिल्स भक्क से बुझ गईं।

पहले की तरह सिंदूर और कपूर बिखर गया। सिर्फ इस बार लोबान अभी तक जल रहा था, बल्कि अब लोबान में से पहले की अपेक्षा तेज-तेज धुआँ निकलने लगा था और उस धुएँ में एक आकृति बनती चली गई।

छाया की आकृति।

हे भगवान, छाया अब मुझे साक्षात नजर आ रही थी।

छाया लौट आई थी।

9

छाया की वापसी

मैं अपनी आँखों पर यकीन नहीं कर पा रहा था कि छाया मेरे सामने है।

उसके पास शरीर नहीं था।

लेकिन वह एक सफ़ेद आकृति के तौर पर नज़र आ रही थी।

स्वच्छ, धवल चाँदनी जैसी आकृति।

'त . . . तुम!' मेरी आवाज़ बेपनाह खुशी से कंपकंपाई।

'त . . . तुम मुझे देख पा रहे हो प्रेम?' छाया भी उतनी ही खुश थी, 'क् . . . क्या मैं तुम्हें नजर आ रही हूँ?'

'ह . . . हाँ। हाँ, तुम मुझे नजर आ रही हो।' मैं मानो खुशी से पागल हो उठा था, 'मैं तुम्हें देख सकता हूँ छाया।'

मैं फौरन अपनी जगह से उठकर खड़ा हो गया और लपककर छाया के नजदीक पहुँचा। मैंने आगे बढ़कर उसे स्पर्श करना चाहा। लेकिन मेरे हाथ उसके शरीर के बीच में-से गुजर गए। वह एक आत्मा थी, जिसे महसूस तो किया जा सकता था, लेकिन छुआ नहीं जा सकता।

उसने भी मुझे खुशी से चिल्लाते हुए कसकर हग करना चाहा। लेकिन उसके सामने भी वही प्रॉब्लम थी। हमारे बीच अब आत्मा और शरीर का फासला था।

छाया खुशी से उछलते हुए ही अंश के रूम में पहुँची। उसने पागलों की

तरह अपने बेटे अंश को देखा। उसे दीवानावार हालत में स्पर्श करना चाहा-जब वह स्पर्श न कर पाई, तो उसकी आत्मा अंश के शरीर से यूँ लिपट गई, जैसे बेल तने से लिपटती है।

अंश भी उसे देख पा रहा था, वह भी खिलखिलाकर हँस पड़ा।

तभी बृन्दा ने भी उस रूम में कदम रखा।

बृन्दा को वहाँ देखकर मैं सकपका उठा।

'क्या बात है साहब!' बृन्दा अंदर आते ही बोली, 'आज बाबा बहुत जोर-जोर से खिलखिलाकर हँस रहा है। बहुत खुश है बाबा।'

मैंने देखा बृन्दा की निगाह अंश पर ही थी। उसे अंश दिखाई दे रहा था, लेकिन उसके शरीर से लिपटी छाया नजर नहीं आ रही थी।

मैं समझ गया, छाया सिर्फ मुझे और अंश को नजर आ रही है।

मैं छाया को पाकर मानों खुशी से पागल हो उठा था। वह मुझे, मेरे प्यार को जैसे नई ज़िंदगी मिली थी।

वह मेरे लिए सेलीब्रेशन के पल थे।

मुझे नहीं याद पड़ता, मैं छाया को अपने पास पाकर पहले कभी इतना खुशी से पागल हुआ था। छाया की मौत के बाद मैंने उसकी अहमियत को समझा और इसीलिए अब उसके प्रति मेरा प्यार इतना उमड़ आया था।

◆

मैंने लीविंग रूम में आकर छाया के फोटो पर चढ़ी माला उतार फैंकी।

'साहब!' बृन्दा मेरी वह हरकत देखकर चौंकी, 'य . . . यह क्या कर रहे हैं आप? मेमसाहब के फोटो से माला क्यों उतार रहे हैं?'

'माला उनके फोटो पर चढ़ाई जाती है बृन्दा!' मैं बोला, 'जो हमें छोड़कर चले जाएँ। लेकिन . . . लेकिन मैं तो छाया को अभी भी यहीं महसूस कर रहा हूँ, इसी घर में! अपने आसपास!'

बृन्दा मेरी वह बात सुनकर बेहद भावुक हो उठी। उसने समझा, यह छाया के प्रति मेरा प्यार है।

'और सुनो!' मैं बृन्दा से बोला, 'तुम्हें अब यहाँ चौबीसों घंटे रहने की भी ज़रूरत नहीं। अंश अब पहले की तरह परेशान नहीं कर रहा है। तुम कह रही थी न कि तुम्हारे पुराने साहब तुम्हें बार-बार फोन करके बुला रहे हैं, तो तुम उनके यहाँ जा सकती हो। बस पार्ट टाइम जॉब करने दिन में चार घंटे के लिए यहाँ आ जाया करो।'

मेरे उस फैसले से बृन्दा हैरान हुई।

लेकिन बोली कुछ नहीं।

'ठीक है साहब!' बृन्दा वहाँ से चली गई।

सच तो यह है, यही तो मैं चाहता था। बृन्दा वहाँ से चली जाए, ताकि मैं छाया और अपने बेटे अंश के साथ सेलीब्रेट कर सकूँ।

अकेलेपन का फायदा उठा सकूँ।

वह सचमुच बेहद खुशी से भरे पल थे।

मैं यह बिल्कुल भूल चुका था कि छाया की मौत हो चुकी है और जो उस वक्त मेरे साथ उस घर में रह रही है, वह छाया की आत्मा है।

भूत है उसका।

◆

छाया अभी भी अंश के रूम में थी।

अब वहाँ हमें डिस्टर्ब करने के लिए कोई न था।

वो बेहद इमोशनल पल थे।

छाया अंश से लता की तरह लिपटी रो रही थी। उसने अंश को अपने आगोश में यूँ समेटा हुआ था, जैसे अब उससे कभी अलग न होना चाहती हो।

जैसे उसने जन्म-जन्मांतर के लिए उसे अपनी बाँहों में समेट लिया हो।

छाया को अंश से इस तरह लिपटकर रोते देख मैं भी भावुक हो उठा।

'रोओ मत।' मैं छाया के नजदीक पहुँचकर बोला, 'यह तो खुशी के पल हैं। देखो . . . देखो . . . अंश भी कितना खुश है, वो कैसे खिलखिला रहा है।'

'लेकिन मैंने सोचा भी नहीं था प्रेम।' छाया बेहद भावुक होकर बोली, 'कि मैं तुम्हें इतनी जल्दी छोड़कर चली जाऊँगी। मेरी एकाएक यूँ मौत होगी।'

'सब विधि का विधान है छाया। मौहब्बत और मौत दोनों ही बिन बुलाए मेहमान होते हैं, कब आ जाएँ, कोई नहीं जानता। लेकिन दोनों का काम एक ही है, मौहब्बत दिल ले जाती है और मौत धड़कन।'

'लेकिन . . . लेकिन भगवान ने मुझे उसी पल तुमसे अलग क्यों किया प्रेम, जब उसने मुझे तमाम खुशियाँ दीं। अंश जैसा प्यारा बेटा दिया। और . . . और अगर उसने मौत देनी थी, तो यह तमाम खुशियाँ ही क्यों दीं?'

'इन सब सवालों का जवाब भगवान के ही पास होगा। लेकिन मैं एक बात ज़रूर कहूँगा।'

मैं अब छाया के नजदीक जाकर बैठ गया और बड़े प्यार से उसे देखने लगा।

उस सफ़ेद आकृति को।

छाया की निगाह भी मेरी तरफ ही थी।

'तुम्हारे बिना मेरी ज़िंदगी कितनी अधूरी है, यह मैंने तुम्हारी मौत के बाद

जाना छाया।'

'प . . . प्रेम!'

छाया के मुँह से तेज सिसकारी छूट गई।

'सचमुच . . . सचमुच मैं बहुत अकेला हो गया था तुम्हारे बिना, बहुत ज्यादा अकेला।'

बोलते-बोलते मैं फूट-फूटकर रो पड़ा।

बिल्कुल बच्चों की तरह रो पड़ा।

'प्रेम!'

छाया अब जल्दी से अंश को छोड़कर मेरे पास आई और मुझसे लता की तरह लिपट गई।

उसकी आँखों में भी आँसू थे।

'रोओ मत। जानती हो छाया। कभी तुमने एक बात बिल्कुल सच कही थी।'

'क्या?'

'प्यार में लोग बहुत मजबूत हो जाते हैं।' मेरी आवाज़ काँप रही थी, 'और बहुत कमजोर भी। मजबूत इतने कि दुनिया से लड़ जाते हैं और कमजोर इतने कि सिर्फ एक इंसान के बिना नहीं रह सकते। मैं . . . मैं अब तुम्हारे बिना नहीं रह पाऊँगा छाया।'

छाया से लिपटा मैं और ज्यादा फूट-फूटकर रो पड़ा।

'और तुम्हें क्या लगता है।' छाया तुरंत बोली, 'मैं तुम्हारे बिना रह पाऊँगी?'

मैंने छाया की तरफ देखा।

छाया की आवाज़ भी उस समय भावनाओं के वेग से काँप रही थी।

छाया उस समय मेरी बाँहों में थी। मेरे पास थी, मुझे ऐसा लग रहा था, जैसे मुझे दुनिया का सबसे बड़ा खजाना मिल गया हो।

'यह हमारा प्यार ही था प्रेम।' छाया बोली, 'जो मैं मरने के बाद भी तुम्हारे पास लौट आई।'

'अब तुम मुझे कभी छोड़कर तो नहीं जाओगी छाया?'

'नहीं, कभी नहीं।'

लेकिन छाया का जवाब सुनने के बाद भी मेरा विश्वास नहीं लौटा।

मैं अनईजी था।

'क्या सोच रहे हो?'

'मुझे डर लग रहा है छाया!'

'कैसा डर?'

'मुझे लग रहा है।' मैं बेचैनी के साथ बोला, 'कि तुम मुझे फिर छोड़कर चली जाओगी। हमारा यह साथ ज्यादा लम्बा नहीं है।'

'तुम पागल हो गए हो।' छाया ने अपने आँसू पौंछ डाले, 'अब ऐसा कुछ नहीं होगा। अब हमें कोई अलग नहीं कर सकता।'

'लेकिन मरने के बाद भला कौन किसके साथ रहता है। मत भूलो, तुम एक आत्मा हो। तुम मर चुकी हो। इस दुनिया में तुम्हारे लिए कोई जगह नहीं।'

'मैं कुछ भी नहीं भूली हूँ प्रेम!' छाया पहले जैसी दृढ़ता के साथ ही बोली, 'मैं जानती हूँ, मैं मर चुकी हूँ। मैं यह भी जानती हूँ कि मैं अब एक आत्मा हूँ। लेकिन फिर भी मैं पूरे यकीन के साथ कह सकती हूँ कि हमें अब कोई अलग नहीं कर सकता। हम कुदरत के बनाए गए नियम को तोड़ेंगे।'

'तुम्हें वहम हो गया है, कुदरत का नियम कोई नहीं तोड़ सकता।'

'हम तोड़ेंगे।' छाया के स्वर में हठधर्मी थी।

'लेकिन . . .।'

'अब मुझे तुमसे कोई दूर नहीं कर सकता प्रेम! मैं अपने प्यार के पास लौट आई हूँ। अपने बच्चे के पास लौट आई हूँ। यही मेरी दुनिया है। अब मैं आत्मा के रूप में ही यहाँ तुम्हारे साथ रहूँगी, इसी घर में।'

वह शब्द बोलते-बोलते छाया फिर बेहद दीवानावार हालत में मुझसे लिपट गई।

वह फिर रो पड़ी।

वो एक हवा थी।

एक आत्मा थी।

लेकिन उसकी बेचैनी को मैं बखूबी समझ सकता था।

वह सच में मुझसे बहुत प्यार करती थी।

बहुत ज्यादा।

और अब तो हम दोनों की प्यार की निशानी के तौर पर ''अंश'' भी उस घर में था।

छाया का वह दीवानावार प्यार देखकर मेरी आँखें एक बार फिर छलछला आईं ।

10
सेलीब्रेशन

उसके बाद छाया उसी बंगले में रहने लगी थी।

यह बेहद आश्चर्यजनक था, एक शरीर और एक आत्मा उस बंगले में एक साथ रह रहे थे।

और उससे भी ज्यादा आश्चर्य की बात यह थी, दोनों के बीच प्यार था।

बेशुमार प्यार।

उसी रात हम दोनों कार में लॉन्ग ड्राइव पर निकले।

अंश हमारे साथ था।

मैं कार ड्राइव कर रहा था और छाया मेरे बराबर में कार की फ्रंट सीट पर ही अंश के साथ बैठी थी।

मेरी कार घण्टों तक लंदन की सड़कों पर भागती रही, हवा से बातें करती रही।

हम खुशी से चिल्ला रहे थे।

एन्जॉय कर रहे थे।

मेरा पूरा परिवार मेरे साथ था। मुझे लग ही नहीं रहा था कि छाया कभी मुझे छोड़कर भी गई थी।

वह सफ़ेद परछाईं की तरह मेरे बराबर में बैठी थी।

'गाड़ी रोको।' एकाएक छाया खुशी से चिल्लाते हुए बोली, 'रोको।'

'क्यों?' मैंने हैरानी से पूछा।

'रोको तो सही।'

मैंने सड़क के किनारे कार रोक दी।

कार के रुकते ही छाया, अंश को छोड़कर हवा से बातें करते हुए कार से बाहर निकल आई।

'अरे!' मैं पीछे से चिल्लाया, 'कहाँ जा रही हो तुम, रुको तो सही।'

लेकिन छाया खिलखिलाकर हँसती हुई वहाँ से भाग खड़ी हुई। मैं समझ नहीं पा रहा था, छाया क्या करने वाली है?

क्या मूड है उसका?

छाया अब सड़क पर हवा में इधर-से-उधर उड़ी-उड़ी फिर रही थी।

उसे बिल्कुल पंछियों की तरह उड़ते देखकर मैं हतप्रभ रह गया।

वह आत्मा थी।

वह कुछ भी कर सकती थी।

छाया एकाएक हवा में उड़ते हुए दीवानों की तरह जोर-जोर से चिल्लाने लगी, 'प्रेम आई लव यू! आई लव यू।'

'अरे!' मैं घबराया, 'इतनी जोर-जोर से क्यों चिल्ला रही हो? आते-जाते लोग सुनेंगे, तो क्या कहेंगे?'

'मुझे कोई नहीं सुनने वाला।' वह उड़ते हुए खिलखिलाकर हँसी, 'मुझे सिर्फ तुम सुन सकते हो, अंश सुन सकता है।'

जोर-जोर से हँसते हुए ही छाया एकाएक तीस मंजिला इमारत के टॉप फ्लोर पर जा खड़ी हुई और फिर वो वहाँ से चीखकर बोली, 'मैं तुमसे बहुत प्यार करती हूँ प्रेम! बहुत-बहुत प्यार करती हूँ।'

वह इतनी जोर से चीखकर बोली, मानो पूरे लंदन शहर के सामने अपने प्यार का इजहार कर रही हो।

'क्या तुम मुझसे प्यार करते हो प्रेम?'

'हाँ।' मैं भी बिल्कुल बच्चों की तरह गला फाड़कर चीखा, 'मैं भी तुमसे प्यार करता हूँ।'

तभी मेरे बराबर में से बाइक पर जा रहा एक नौजवान मुझे इस तरह चिल्लाते देख हड़बड़ा उठा।

'ऐ भाई!' वह भी बाइक पर जाते-जाते चीखकर बोला, 'क्या तुम्हारी प्रेमिका मर गई है, जो तुम यूँ पागलों की तरह रोड पर चिल्ला रहे हो?'

'हाँ।' मैं हँसा, 'मेरी प्रेमिका मर गई है।'

बाइक स्पीड से आगे चली गई।

उसी पल छाया ने उस तीस मंजिला इमारत से नीचे जम्प लगा दी थी।

'न . . . नहीं।'

मेरी चीख निकल गई।

लेकिन अब छाया हँसते हुए मेरे सामने खड़ी थी।

'तुम मुझे पागल कर दोगी।' मैं छाया को भौंचक्की-सी हालत में देखता हुआ बोला, 'आते-जाते लोग मुझे पागल समझकर हँसेंगे।'

'तुम भूल रहे हो प्रेम, हर प्यार करने वाला पागल होता है।'

तभी एक कार रोड से गुजरी, तो छाया ने हँसते हुए उस कार के सामने

जम्प लगा दी।

'छ . . . छाया!' एक बार फिर मैं डरकर चिल्ला उठा।

मुझे लगा, कहीं उसका एक्सीडेण्ट न हो जाए।

लेकिन जल्द ही मुझे ख्याल आया, वह तो एक आत्मा है।

कार उसके शरीर के बीच में से उसी स्पीड के साथ गुजर गई थी।

'आई लव यू प्रेम!' छाया और जोर से चिल्लाई, 'आई लव यू। मौत इंसान को नहीं आती, मौत तो सिर्फ एक शरीर को आती है। मौत के बाद ही तो ज़िंदगी है, कभी न ख़त्म होने वाली असली ज़िंदगी। देखो मुझे, देखो। मैं कुछ भी कर सकती हूँ।'

छाया एकाएक बीच सड़क पर लेट गई। तुरंत पाँच-छः कारें स्पीड के साथ उसके ऊपर से गुजर गई थीं।

मैंने न चाहते हुए भी दहशत से अपनी आँखें बंद कर लीं।

जबकि छाया फिर हँसते हुए खड़ी हो गई थी।

वह रात मेरी ज़िंदगी की सबसे यादगार रात थी।

सबसे ज्यादा बड़ी सेलिब्रेशन की रात थी।

छाया के अंदर का वही बच्चा एक बार फिर जाग उठा था, जिसे शादी से पहले कोलकाता की सड़कों पर मैंने देखा था।

मुझे नहीं मालूम, उस रात हम सड़क पर कितना भटके।

कब तक भटके।

मैं सिर्फ इतना जानता हूँ – जब हम बंगले में वापस लौटे, तो सुबह का हल्का-हल्का धुंधलका चारों तरफ फैलने लगा था।

वो सुबह मेरे जीवन में एक नई रोशनी लेकर आ रही थी।

मैंने अंश को उसके पालने में ले जाकर लिटा दिया। छाया भी वहीं थीं, अंश के रूम में।

एकाएक वो फिर उदास हो गई और रूम में सजी उन सब चीज़ों को बड़े प्यार से देखने लगी, जो उसने अंश के जन्म से पहले वहाँ लाकर सजाई थी।

उन सब चीज़ों को देखते हुए उसकी आँखें भर आईं।

'इंसान भी जिंदा रहते हुए कितने सपने देखता है प्रेम!' छाया एकाएक बेहद भावुक स्वर में बोली, 'कैसी अलग रंगीन दुनिया होती है उसकी, तब वो जानता ही नहीं कि एक दिन मौत बिल्ली की तरह उसके ऊपर झपटेगी और उसका हर सपना एक ही झटके में उससे छीनकर ले जाएगी।'

'यही तो जीवन है छाया।' उसकी बातें सुनकर मैं भी भावुक हो उठा, 'माया और भ्रम के जाल में फँसा हुआ जीवन। हम सारी ज़िंदगी जिस धन और यश का पीछा करते हैं, जिसको पाने के लिए हर बुरे-से-बुरा काम भी करने को तैयार हो जाते हैं, लेकिन अंत में जाकर पता चलता है कि उन सब चीज़ों का कोई मूल्य ही नहीं है। मौत हमें एक झटके में धन, यश और रिश्तों से मुक्त कर देती है।'

'लेकिन मौत हमारा प्यार तो मुक्त नहीं कर पाई प्रेम!'

'यह तो है।'

मैं छाया की आँखों में झाँकने लगा था।

'मगर जिंदा रहते हुए सपने मैंने भी बहुत देखे थे प्रेम!' छाया भावुकतावश ही बोली, 'खासतौर पर जब मैंने अपने पेट में अंश के कदमों की आहट सुनी, तो मेरे सपने मचलने लगे। अपने सपनों की एक बिल्कुल अलग दुनिया सजा डाली मैंने। एक-एक चीज़ उसके लिए कितने अरमानों से खरीदकर लाई थी मैं। एकाएक उसके बारे में कितना कुछ सोचने लगी थी, उसे अपने हाथों से तैयार करके स्कूल भेजूँगी। रोजाना उसका टिफिन बॉक्स तैयार किया करूँगी।

उसे पढ़ाऊँगी, उसकी शादी करूँगी। ओह माई गॉड! ओह माई गॉड! इंसान सपने देखते हुए क्यों भूल जाता है कि मौत भी उसकी ज़िंदगी का हिस्सा है, जो एक दिन सब कुछ छिन्न-भिन्न कर देगी।'

'लेकिन तुम खुशकिस्मत हो छाया!' मैं बोला, 'तुम्हारा अब हर सपना पूरा होगा। और सबसे बड़ी बात ये है कि तुम्हें अब मौत का भी डर नहीं है।'

'यह तो है।' छाया हँसी, 'मुझे मौत का भी डर नहीं है। वैसे भी मौत, ज़िंदगी से ज्यादा लम्बी होती है प्रेम, इसलिए उससे कभी किसी इंसान को नहीं डरना चाहिए।'

'ऐनी वे।' मैंने छाया की तरफ देखते हुए कहा, 'मुझे अब नींद आ रही है। मुझे सोना चाहिए।'

मैंने अंश की तरफ देखा, अंश भी गहरी नींद सो गया था।

'क्या तुम नहीं सोओगी?' मैंने छाया से पूछा।

'मरने के बाद इंसान ऐसी हर चीज़ से मुक्त हो जाता है प्रेम।' छाया बोली, 'मगर एक बात ज़रूर कहूँगी।'

'क्या?'

'नींद, मौत की ही बहन है। दोनों में ज्यादा फर्क नहीं है। सच तो यह है, इंसान जिंदा रहते हुए हर रात मरता है। जब हम नींद के आगोश में जाते हैं, तो वह मौत का आगोश ही होता है। फिर हर सुबह हमें एक नया जीवन मिलता है, उम्मीद और सपनों से भरा हुआ जीवन। बस नींद और मौत में फर्क सिर्फ इतना है कि मौत की कभी कोई सुबह नहीं होती।'

मैं छाया की बात सुनकर हैरानी से उसकी तरफ देखता रह गया।

कितना सच कहा था उसने – नींद, मौत की ही बहन है।

हम हर रात मरते हैं। हर सुबह हमारा एक नया जीवन होता है।

फिर मैं सोने के लिए बिस्तर पर चला गया।

अब हम एक-दूसरे के साथ रहने लगे थे।

पहले जिस छाया को देने के लिए मेरे पास वक्त नहीं था, अब मैं हर पल उसी छाया के साथ रहना चाहता था।

हम चौबीसों घण्टे एक-दूसरे के साथ होते। रात को बेडरूम में लेटकर घण्टों-घण्टों तक बात करते। मैं तो थककर सो जाता, लेकिन छाया सोती ही नहीं थी। उसकी अब कोई शारीरिक ज़रूरत नहीं थी, क्योंकि शरीर ही नहीं था उसके पास।

◆

फिर सेटरडे नाइट (शनिवार की रात) आई।

हम हर सेटरडे नाइट को रिलेशन बनाते थे। छाया सज-धजकर बड़े रोमांटिक मूड में उस रात का बेसब्री से इंतजार करती। लेकिन कई बार मैं ही उसका ख्याल नहीं करता था। मैं या तो अपनी दुनिया में बिजी हो जाता या फिर थककर सोने की बात करता।

लेकिन छाया की मौत के बाद वो पहली रात थी – जब मैं भी उतना ही रोमांटिक था, जितना छाया थी।

उसकी आत्मा मेरे बेहद नजदीक बैठी थी और मुझे यूँ बड़े प्यार से देख रही थी, जैसे वह मेरे जिस्म का ही एक हिस्सा हो। जैसे वह मेरे शरीर में समा जाना चाहती हो।

'एक बात कहूँ।' छाया की आत्मा मेरे शरीर से लिपट गई।

'हूँ।'

‘पहली बार मैं तुम्हें सेटरडे नाइट को इतना रोमांटिक देख रही हूँ, वरना तुम अब तक सो जाया करते थे।’

मैं हँस पड़ा।

‘क्या यह सच नहीं?’ उसने सीधे मेरी आँखों में झाँका, ‘तुम मेरी मौत के बाद मुझसे ज्यादा प्यार करने लगे हो प्रेम?’

‘ह . . . हाँ।’ उस सच को कबूल करते हुए मेरी जबान लड़खड़ाई, ‘य . . . यह सच है।’

‘ओह प्रेम!’ उसकी आत्मा और कसकर मेरे जिस्म से लिपट गई, ‘आई लव यू। आई लव यू सो मच।’

हम दोनों के बीच जैसे प्रेम का सागर उमड़ पड़ा था।

लेकिन प्रॉब्लम थी, तो सिर्फ जिस्म की। हम दोनों खुलकर अपनी इच्छाओं की पूर्ति नहीं कर सकते थे। जबकि छाया का दर्द तो इसलिए और भी ज्यादा बड़ा था, क्योंकि वह अपने बेटे अंश को भी अपनी बाँहों में समेटना चाहती थी। उसे स्पर्श करना चाहती थी। उसे अपना दूध पिलाना चाहती थी। जब तक वह अपनी छातियों से चिपटाकर अपने बेटे को दूध नहीं पिलाती, तब तक उसके ममत्व की पूर्ति कैसे होती?

वही तो ममता की पराकाष्ठा थी।

कुल मिलाकर छाया के अंदर अब जिस्म की चाहत पैदा होने लगी थी।

वह सोचने लगी थी, काश उसके पास एक शरीर भी होता।

11
ज़बरदस्त ट्विस्ट

फिर कहानी में एक ट्विस्ट आया।

बहुत बड़ा ट्विस्ट।

दिल्ली से क्यारा लंदन आई।

क्यारा एक बहुत ख़ूबसूरत अरबन लड़की थी। एकदम गोरी-चिट्टी। वो हमेशा मोडर्न आउटफिट पहनती। छाया और क्यारा में कई समानताएँ थीं, तो कई विभिन्नताएँ भी थीं। समानता यह थी कि दोनों की कद-काठी एक-दूसरे से बिल्कुल मिलती-जुलती थी। दोनों का रंग एक समान था। विभिन्नता यह थी कि दोनों के आचार-विचार में ज़मीन-आसमान का फर्क था। छाया अगर संस्कारों में पली-बढ़ी लड़की थी, तो क्यारा के आचार-विचार बहुत ज्यादा मॉडर्न थे। कपड़े मॉडर्न थे। लेकिन तमाम समानता और विभिन्नता के बावजूद दोनों पक्की सहेलियाँ थीं। दोनों एक-दूसरे से बेहद प्यार करती थीं। दोनों हमउम्र थीं।

दरअसल क्यारा, छाया की बचपन की दोस्त थी, जो पहले कोलकाता में ही रहती थी। लेकिन पिछले पाँच वर्ष से उसकी फैमिली दिल्ली शिफ्ट हो चुकी थी। छाया से मैंने क्यारा की बातें बहुत सुनी थी, लेकिन मैं उससे मिला कभी नहीं था।

क्यारा को पता चल चुका था कि छाया की डेथ हो चुकी है, इसलिए वह मेरे पास दुःख प्रकट करने आई थी।

बंगले में आते ही वह अंश को अपनी बाँहों में लेकर फूट-फूटकर रो पड़ी।

फिर छाया के फोटो को देखकर तो वह इतनी जोर से रोई कि खुद मेरा दिल दहल उठा।

'प्लीज!' मैं क्यारा को सांत्वना देता हुआ बोला, 'इस तरह मत रोओ, इससे छाया की आत्मा को कष्ट होगा।'

सच तो यह है, छाया की आत्मा तब भी वहीं थी और वह क्यारा को इस तरह रोता देखकर सचमुच दुःखी हो गई थी।

'प्रेम!' छाया बार-बार इशारा करके मुझसे कह रही थी, 'इसे चुप कराओ।'

छाया बैचेन थी।

मगर क्यारा तो बिलख-बिलखकर रो रही थी।

'इतनी जल्दी भी कहीं कोई किसी को छोड़कर जाता है।' क्यारा की आँखों से लगातार अश्रुओं की अविरल धारा बह रही थी, 'अभी उम्र ही क्या थी उसकी। अपने बच्चे का पालन-पोषण करना था उसको।'

वो सब बातें बोलते हुए वह और भी ज्यादा हिड़कियाँ लेकर रो पड़ी। ऐसा लग रहा था, जैसे रोते-रोते उसका हार्टफेल हो जाएगा।

'द . . . देखो!' मैं उसे सांत्वना देता हुआ बोला, 'प . . . प्लीज, तुम इस तरह रोओ मत। कुछ भी नहीं बिगड़ा है, स . . . सच तो ये है, छाया इस समय भी . . . अभी भी हमारे साथ है। यह देखो!' मैंने छाया के फोटो की तरफ उँगली उठाई, 'इसीलिए मैंने उसके फोटो पर माला नहीं चढ़ाई है। क्योंकि माला उनके फोटो पर चढ़ाई जाती है, जो इस दुनिया से हमें छोड़कर चले जाएँ। लेकिन छाया तो हमें छोड़कर गई ही नहीं – वो अभी भी, इसी घर में है।'

मैं क्यारा को इतनी बुरी तरह से रोता देखकर बहुत फ्लो में वह बात बोल गया था।

जबकी मेरी बात सुनकर क्यारा चौंक उठी।

उसने बेहद हैरानी से मेरी तरफ देखा।

'क . . . क्या मतलब?'

'म . . . मतलब छाया यहीं है।' फिर मुझे मजबूरी में उसे सच्चाई बतानी पड़ी, 'इसी घर में!'

'न... नहीं।' क्यारा डर गई।

'प्रेम!' छाया बोली, 'इसे मेरे पास लेकर आओ।

मैं अब क्यारा की तरफ बढ़ा।

'छ . . . छाया यहीं है?' क्यारा डरे-डरे अंदाज़ में बोली, 'म . . . मैं कुछ समझी नहीं।'

'वह देखो, वो सामने बैठी है और तुम्हें इस तरह रोता देखकर वह भी दुःखी हो गई है।'

'स . . . सामने बैठी है।' उसने घबराकर इधर-उधर देखा, 'क . . . कहाँ?'

'व . . . वो सामने सोफे पर।' मैंने उस सोफे की तरफ उँगली उठाई, जहाँ सचमुच छाया दुःखी मुद्रा में बैठी थी।

क्यारा की निगाह भी उस सोफे की तरफ उठी।

'ल . . . लेकिन!' क्यारा जल्दी से बोली, 'मुझे तो वहाँ कोई नजर नहीं आ रहा।'

'तुम्हें छाया नजर नहीं आएगी।' मैंने कहा, 'वह सिर्फ मुझे और अंश को नजर आती है। हमें दिखाई देती है। हमसे बातें करती है। सच तो यह है, मैं

छाया के साथ आज इस घर में नॉर्मल लाइफ बसर कर रहा हूँ। वह मरने के बाद भी हमें छोड़कर नहीं गई है।'

मेरी बात सुनकर क्यारा डर गई।

'परिमल!' क्यारा जल्दी से मेरे नजदीक आई, 'तुम ठीक तो हो न? मुझे लगता है, तुम्हें किसी सायकेट्रिक को दिखाने की ज़रूरत है, छाया की मौत का तुम्हें बहुत गहरा सदमा लगा है।'

'मुझे कोई सदमा नहीं है।' मैं पूरी दृढ़ता से बोला, 'तुम छाया को नहीं देख पा रही हो। वह देखो, छाया तुम्हें अपने पास बुला रही है। वह शायद तुमसे कुछ कहना चाहती है, तुम सोफे के पास आओ।'

मैंने क्यारा का हाथ पकड़कर उसे सोफे की तरफ खींचा।

'न . . . नहीं।' क्यारा चीख उठी, 'नहीं, मुझे छोड़ो। मेरा हाथ छोड़ो।'

क्यारा कुछ ज्यादा डर गई।

उसने ज़बरदस्ती मेरे हाथ से अपना हाथ छुड़ाया और फिर जोर-जोर से चीखते हुए वहाँ से भाग खड़ी हुई।

उसे ऐसा लग रहा था, जैसे मैं उसे खींचकर भूत-प्रेत की दुनिया में लेकर जा रहा था।

बंगले के बाहर ही उसकी कार खड़ी थी, जिसे वो खुद ड्राइव करते हुए वहाँ लेकर आई थी। वह लंदन के ही ''होटल थॉम्पसन'' की कार थी।

वह भागते हुए अपनी कार के पास पहुंची। आनन-फानन कार में सवार हुई और फिर हाई स्पीड से कार दौड़ाती हुई वहाँ से निकल गई।

वह बहुत ज्यादा डरी हुई थी।

हद से ज्यादा।

उसने छाया को देखा नहीं था, लेकिन उसकी कल्पना से ही वह डर गई थी।

◆

फिर एक घटना और घटी।

बेहद खौफनाक घटना!

मुश्किल से आधा घण्टे बाद ही क्यारा का फोन एक बार फिर मेरे फोन पर आया।

'परिमल!' क्यारा की आवाज़ घुटी-घुटी थी, 'प्लीज, प्लीज हेल्प मी। मेरी कार का एक्सीडेंट हो गया है।'

'एक्सीडेंट!' जैसे कोई बम मेरे आसपास फटा, 'कहाँ? कहाँ हो तुम अभी?'

'ह . . . हिल्टन ब्रिज के पास! म . . . मेरी कार नीचे खाई में गिरने वाली है। प्लीज फास्ट . . . फास्ट परिमल!'

उसने अपने अंतिम शब्द चीखते हुए कहे थे।

वह रो रही थी। चिल्ला रही थी। अजीब-सी बेचैनी उसके शब्दों में घुली थी।

मैं फोन पर ''हैलो-हैलो'' चिल्लाता रह गया। लेकिन फिर मुझे उसके कोई शब्द न सुनाई पड़े।

मैंने फोन बंद किया और फिर आनन-फानन मैं अपनी कार की तरफ लपका।

मेरी कार अब हिल्टन ब्रिज की तरफ बंदूक से छूटी गोली की तरह भागी जा रही थी।

◆

जल्द ही मैं हिल्टन ब्रिज के पास पहुँच गया।

कार के पहिए चीखते हुए वहाँ रुके।

क्यारा की कार का उस समय वहाँ दूर-दूर तक नामों-निशान नहीं था।

मैंने कार से उतरकर ब्रिज से नीचे झाँका।

अगले ही पल मैं सन्न रह गया। क्यारा की कार ब्रिज से सैकड़ों फुट नीचे गहरी खाई में गिरी हुई थी और उसके सब अंजर-पंजर इधर-उधर बिखर गए थे।

वहीं ब्रिज से लगी हुई कुछ पथरीली सीढ़ियाँ भी थीं, जो नीचे गहरी खाई तक उतरती चली गई थीं।

मैं एक सैकेण्ड भी व्यर्थ गँवाए बिना तेजी से उन पथरीली सीढ़ियों से नीचे गहरी खाई में उतरता चला गया।

जल्द ही मैं कार के पास था।

मैंने ड्राइविंग डोर से अंदर झाँककर देखा, तो मैं सन्न रह गया।

क्यारा स्टेयरिंग व्हील पर आगे को लुढ़की हुई थी। उसकी नाक से खून बह रहा था। उसकी साँसें बंद थीं। मैंने उसकी नब्ज टटोली, तो वह भी बंद थी।

हे भगवान!

क्यारा मर चुकी थी।

वह मेरे लिए एक स्तब्ध कर देने वाली घटना थी। अभी थोड़ी देर पहले जो लड़की छाया की मौत पर दुःख का इजहार करने मेरे पास आई थी, अब वो खुद मर चुकी थी।

मैंने जल्दी से फोन निकाला और पुलिस का नम्बर डायल करना शुरू किया।

तभी हवा का एक प्रचण्ड झोंका मेरे शरीर से आकर टकराया तथा एक आवाज़ मेरे कानों में सरसराई।

'क्या कर रहे हो प्रेम? रुको-रुको, पुलिस को फोन मत करो।'

मैं स्तब्ध रह गया।

वह छाया की आवाज़ थी। उसकी आवाज़ में अजीब-सी व्यग्रता घुली थी।

'प . . . पुलिस को फोन न करूँ।' मैं चौंका, 'ल . . . लेकिन क्यों?'

'मरने के बाद भी क्यारा का शरीर एकदम ठीक है। वह बिल्कुल भी क्षतिग्रस्त नहीं हुआ है। और मुझे ऐसा ही एक शरीर तो चाहिए। अगर मेरी आत्मा क्यारा के शरीर में आ गई, तो मुझे नए शरीर के साथ-साथ नया जीवन भी मिल जाएगा। फिर मेरा हर सपना पूरा होगा। मैं तुम्हें स्पर्श कर पाऊँगी। अपने बेटे अंश को अपनी छातियों से दूध पिलाकर सम्पूर्ण ममत्व का अहसास कर पाऊँगी।'

छाया की बातें सुनकर मैं भी रोमांचित हो उठा।

'क्या ऐसा सम्भव है?' मेरी आवाज़ में बेपनाह हैरानी थी, 'तुम जिंदा हो सकती हो?'

'बिल्कुल सम्भव है।' छाया की आवाज़ फिर मेरे कान के पास सरसराई, 'इसके लिए मैं जैसा कहती हूँ, बस वैसा-वैसा करते जाओ।'

'फिलहाल क्या करूँ मैं?'

'सबसे पहले फ़ौरन क्यारा की डैडबॉडी को कार में डालकर घर ले जाओ और किसी को भी इस बात की भनक नहीं लगनी चाहिए कि क्यारा मर चुकी है।'

'ठीक है।'

उसके बाद मैंने छाया से कोई सवाल न किया।

मैंने आनन-फानन क्यारा की डैडबॉडी को कार की ड्राइविंग सीट के पीछे से बाहर निकाला। यह सचमुच ईश्वरीय चमत्कार था कि इतने खौफनाक एक्सीडेण्ट के बावजूद क्यारा का शरीर बिल्कुल सुरक्षित था।

फिर मैं उसके निर्जीव शरीर को अपनी बाँहों में उठाए-उठाए पथरीली सीढ़ियाँ चढ़ता हुआ ऊपर पहुँचा और उसके शरीर को कार की पिछली सीट पर लिटा दिया।

इस समय क्यारा का चेहरा बेहद खौफनाक नज़र आ रहा था।

वह बिल्कुल सफ़ेद पड़ चुका था।

कफ़न के लट्ठे की तरह सफ़ेद।

उसकी शक्ल देखकर खुद मेरी रूह भी काँप-काँप जा रही थी।

उफ़!

कैसी ईश्वरीय लीला थी?

क्यारा ने थोड़ी देर पहले खुद नहीं सोचा होगा कि इतनी जल्दी उसकी भी मौत हो जाएगी।

वह खुद एक लाश में बदल जाएगी।

मरते वक़्त शायद वह बहुत डरी हुई थी, खौफ के वह निशान अब हमेशा-हमेशा के लिए उसके चेहरे पर चस्पां हो चुके थे।

मौत भी क्या खौफनाक अहसास है, किसी को नहीं छोड़ती। किसी को भी नहीं।

उस ख़ूबसूरत प्यारी-सी लड़की को भी नहीं छोड़ा था।

आखिर उसने अभी दुनिया में देखा ही क्या था?

मेरे मन में उस समय क्यारा को लेकर तरह-तरह के विचार चल रहे थे।

थोड़ी देर पहले तक जिस ख़ूबसूरत लड़की का हर पुरुष संसर्ग चाहता होगा, अब उसे छूने में भी मुझे डर लग रहा था।

मैं उसके निष्प्राण शरीर को एक नज़र देखता, तो मेरी रीढ़ की हड्डी तक में सिहरन दौड़ जाती।

एक काम नीचे से ऊपर आने से पहले मैंने और किया था। कार के पास ही काफी सारी टूटी हुई झाड़ियाँ पड़ी थीं, मैंने वह झाड़ियाँ उठाकर कार के ऊपर डाल दीं। इससे कार काफी हद तक पूरी तरह ढक गई। अब एकाएक अगर कोई ऊपर से नीचे देखता भी, तो यह पता लगाना मुश्किल था कि वहाँ कोई एक्सीडेण्ट हुआ है।

कुल मिलाकर मैं जितनी सावधानी बरत सकता था, मैंने बरती।

कार से बंगले पर वापस लौटते समय ही मैंने बृंदा को भी फोन कर दिया कि वह आज बंगले पर न आए, क्योंकि मैं अंश के साथ कहीं बाहर जा रहा हूँ।

यानी सब कुछ मैं पूरी होशियारी से कर रहा था।

हालाँकि यह बात अभी भी मेरे लिए एक बड़ी पहेली थी कि छाया, क्यारा के शरीर में कैसे आएगी?

क्या ऐसा सम्भव है?

लेकिन जब से छाया की आत्मा आई थी, तब से मैंने चमत्कारों पर भरोसा करना शुरू कर दिया था। अब मैं पहले वाला परिमल घोष बिल्कुल नहीं रहा था।

◆

क्यारा के मुर्दा शरीर को मैंने आउट हाउस में लाकर रख दिया।

आउट हाउस का माहौल उस समय भी बहुत रहस्यमयी था।

हल्का सुरमई धुंधलका वहाँ चारों तरफ फैला था।

एक डेड बॉडी के आने से आउट हाउस का माहौल और भी ज्यादा खौफनाक हो गया।

फिर छाया भी वहाँ पहले से मौजूद थी।

'प्रेम!' मेरे आउट हाउस में पहुँचते ही वह पहले जैसी बेचैनी के साथ बोली, 'अब तंत्र साधना के द्वारा तुम्हें जल्द-से-जल्द मेरी आत्मा को इसके शरीर में प्रविष्ट कराना होगा। यह काम थोड़ा जटिल है, लेकिन नामुमकिन नहीं। इससे पहले कि इसका मुर्दा शरीर बहुत ज्यादा अकड़ जाए, यह काम हो जाना चाहिए।'

फिर छाया ने खुद मुझे पूरी विधि समझाई और एक किताब में लिखे हुए मंत्र दिखाए।

तुरंत मैं अपने काम में जुट गया।

सबसे पहले मैंने क्यारा के शरीर को आउट हाउस के फर्श के बिल्कुल बीचों-बीच रखा और फिर उसके शरीर के चारों तरफ एक अग्नि रेखा बना डाली, जिसमें आग धूँ-धूँ करके जल उठी।

सब कुछ बेहद डरावना लग रहा था।

बेहद खौफनाक।

आग बढ़ती जा रही थी।

मुझे अब यह डर सताने लगा, कहीं वह आग बहुत ज्यादा न बढ़ जाए और उस पूरे आउट हाउस को अपने घेरे में न ले ले।

अब बिल्कुल ऐसा लग रहा था, जैसे हवन कुण्ड के बीच में क्यारा का शरीर रखा हो।

फिर मैंने मंत्रोच्चारण करते हुए सिंदूर, चावल और लौंग जैसी वस्तुएँ क्यारा के शरीर पर फेंकनी शुरू की।

कोई एक घण्टे तक वह सिलसिला चलता रहा।

और एक घण्टे बाद वह चमत्कार हो ही गया, जिसकी कम-से-कम मेरे जैसा आदमी कल्पना भी नहीं कर सकता था।

क्यारा के शरीर में छाया की आत्मा आ गई।

एकाएक तेज़ हवा का झोंका वहाँ चला था।

आग और प्रचण्ड रूप से धधक उठी।

वह यूँ भड़की, जैसे अभी सब कुछ तहस-नहस कर देगी और फिर वह प्रचण्ड अग्नि एकदम से भकभकाकर बुझ गई।

उसके बाद जो हुआ, वह किसी चमत्कार से कम न था।

सबसे पहले क्यारा के हाथों की उँगलियाँ हल्के-से कंपकंपाई थीं और फिर उसके होंठों में कंपकंपाहट हुई तथा फिर उस अग्नि रेखा के बीच लेटा क्यारा का शरीर एकदम उठकर बैठ गया।

क्यारा के जिंदा होते ही न सिर्फ अग्नि रेखा अपने आप बुझ गई बल्कि वातावरण पहले की तरह एकदम शांत हो गया।

एकदम मौन!

'प्रेम!' क्यारा जिंदा होते ही मुझसे लिपट गई, 'ओह प्रेम, मैं जिंदा हो गई। मुझे नया जीवन मिल गया। मैंने अपने पति और अपने बच्चे के प्यार को हासिल करने के लिए मृत्यु पर विजय पा ली।' उसने एक साथ मेरे गाल पर कई चुम्बन अंकित कर डाले।

उसका प्यार उमड़ रहा था।

मैं भी रोमांचित हो उठा और मैंने कसकर उसे अपने बाहुपोश में समेट लिया।

वह सचमुच हैरान कर देने वाले पल थे। वो शरीर ज़रूर क्यारा का था; लेकिन उसके मुँह से जो आवाज़ निकल रही थी, वह छाया की थी।

हाँ, वह छाया की ही आवाज़ थी। मेरी छाया की आवाज़।

वही भावनाओं से भरी हुई।

मृत्यु पर विजय!

हाँ, वह अपने प्यार को हासिल करने के लिए सचमुच मृत्यु पर विजय थी।

ऐसा शायद सृष्टि में पहले कभी नहीं हुआ था, जब कोई प्यार को हासिल करने के लिए यूँ जीवित हो उठे। शरीर के साथ।

कहानी में अभी भी कई ट्विस्ट-टर्न शेष थे।

12

नया शरीर, नया जीवन

छाया के लिए वह सचमुच नया जीवन था।

(विशेष नोटः आगे अब हम कहानी में क्यारा को ''छाया'' के नाम से ही संबोधित करेंगे, क्योंकि वह शरीर ज़रूर क्यारा का है, लेकिन नया जीवन छाया को मिला था। वह क्यारा के रूप में छाया की इच्छाएँ थीं, जो जिंदा हुई थीं।)

छाया फौरन आउट हाउस से दौड़ते हुए बाहर निकली तथा अंश के रूम में जाकर अपने अंश को भी अपने बाहुपाश में लपेट लिया।

वह एक माँ का अपने बच्चे को पहला स्पर्श था।

उसने अपनी छाती से अंश को चिपटा लिया। उसकी छातियों में हालाँकि दूध नहीं उतरा था, लेकिन वह अपने बच्चे को स्तनपान कराकर ममता का सम्पूर्ण सुख भोग रही थी और बच्चा भी खूब आनंदित हो रहा था।

उसे सचमुच अपनी माँ जो मिल गई थी।

उसके बाद तो कई नए तरह की घटनाएँ घटीं।

जैसे उसी दिन मैंने और छाया ने रिलेशन बनाने का भी प्रयास किया।

वह एक अद्‌भुत अनुभव था।

अद्भुत भी और बेहद रोमांच से भरा भी।

रोमांस की शुरूआत बेहद थ्रिलिंग थी।

क्योंकि शरीर क्यारा का था।

एक नया शरीर!

जब मैंने उसके शरीर को स्पर्श किया, तो मुझे लगा ही नहीं कि मैं अपनी छाया के साथ रिलेशन बनाने जा रहा हूँ।

मैं थोड़ा अनईजी हो उठा।

थोड़ा बेचैन!

'क्या हुआ?' छाया ने पूछा।

'पहले वाली फील नहीं आ रही है।'

'क्यों?'

'क्योंकि जिस्म बदल चुका है।'

'यह तो तुम्हारे लिए और अच्छी बात है।' छाया हँसकर बोली, 'बहुत खुशकिस्मत हो तुम, जो एक ही पत्नी के साथ अलग-अलग शरीर का आनंद ले रहे हो।'

'यह तो है।' मैं भी मुस्कुराया।

फिर मैंने छाया को अपनी बाँहों में समेट लिया था।

छाया ने भी मेरे जिस्म की गर्मी पाकर अपनी आँखें मूंद लीं।

उफ्!

उस समय मेरे मन में क्या-क्या चल रहा था, उसे मैं शब्दों में व्यक्त नहीं कर सकता।

उन पलों को तो सिर्फ महसूस किया जा सकता था।

जल्द ही उसके शरीर से एक-एक करके कपड़े उतरते चले गए।

अब वो निर्वस्त्र मेरे सामने थी।

मेरे लिए वह छाया थी।

पर वास्तव में क्यारा थी।

क्यारा!

एक अंजान लड़की।

मैंने उसके शरीर को देखा, तो बस देखता रह गया।

हतप्रभ् सा!

'क्या देख रहे हो?' छाया मुस्कराई।

'तुम बहुत ख़ूबसूरत हो। बहुत-बहुत ज्यादा ख़ूबसूरत!'

'मैं!' वो फिर हँसी, 'या फिर क्यारा?'

'मेरे लिए तो तुम, सिर्फ तुम! क्योंकि मैं अपनी छाया के अलावा किसी और के साथ सम्बन्ध बनाने की सोच भी नहीं सकता।'

'ओह प्रेम!' वह भावावेश में फिर लता की तरह मुझसे चिपट गई, 'तुम बहुत अच्छे हो, बहुत ज्यादा अच्छे। आई लव यू प्रेम, आई लव यू सो मच।'

मैंने एक बार फिर उसे अपनी बाँहों में समेट लिया।

मेरे होंठ उसके होंठों पर जाकर ठहर गए।

यह वो लम्हा था, जब मैं भूलने लगा था कि वह कौन है।

मैंने भी भावावेश में आँखें मूंद लीं।

सचमुच वह एक नया अनुभव था।

बिल्कुल नया!

मुझे ऐसा लग रहा था, जैसे मैं जीवन में पहली बार किसी के साथ रिलेशन बनाने जा रहा था।

उसके होंठों का स्पर्श भी अद्‌भुत था।

वह सचमुच ताज़े गुलाब की दो पँखुड़ियों की तरह थे और उनका रंग भी हल्का गुलाबी था।

'आई लव यू छाया, आई लव यू! सचमुच तुमने बहुत अच्छा किया, जो मेरे पास लौट आईं।'

मेरी साँसें तेज-तेज चलने लगीं।

उसके अंग-प्रत्यंग सुड़ौल थे।

वह सचमुच छाया से बहुत ज्यादा सुंदर थी।

हम दोनों अब बिस्तर पर थे और हमारे बीच धीरे-धीरे कामक्रीड़ा की शुरूआत होने लगी।

'प्रेम!' छाया और ज्यादा कसकर मुझसे चिपट गई।

हम धीरे-धीरे अपने होशो-हवास खोने लगे।

सब कुछ जैसे अब एक शून्य में बदलता जा रहा था।

तभी एक घटना घटी।

बहुत खतरनाक घटना!

वो घटना, जिसने मेरे ऊपर से प्यार का सारा नशा एक झटके में उतार दिया।

दरअसल अभी हमारे बीच कामक्रीड़ा की शुरूआत ही हुई थी कि तभी छाया बहुत जोर-से चिल्ला उठी।

'न . . . नहीं!'

छाया ऐसे चीखी, जैसे किसी ने बहुत जोर से उसकी छाती में खंजर घोंप दिया हो।

उसकी चीख तेज थी।

बहुत ज्यादा तेज!

एक पल के लिए तो मैं समझ ही नहीं पाया कि क्या हुआ है?

मैंने चौंककर छाया की तरफ देखा।

'न . . . नहीं!' अगले पल मैं छाया से भी ज्यादा वीभत्स अंदाज में चीख उठा।

मेरी आँखें दहशत से फटी-की-फटी रह गईं।

दरअसल मेरे हाथों में अब क्यारा की लाश थी, जिससे मैं प्रेमालाप कर रहा था।

छाया की आत्मा उसके शरीर से निकल चुकी थी।

'नहीं।' मैं चीखकर पीछे हट गया।

मैंने घबराकर क्यारा की लाश को वहीं बिस्तर पर फैंक दिया।

'यह . . . यह नहीं हो सकता।' मैं बहुत हैरानी से क्यारा को देख रहा था, 'यह कैसे हो गया?'

क्यारा के चेहरे पर अब वैसा ही खौफ था, जैसा किसी मरे हुए शख्स के चेहरे पर होता है।

'छाया!' मैंने इधर-उधर देखकर छाया को पुकारा, 'छाया, कहाँ हो तुम?'

मुझे कोई जवाब न मिला।

'छाया!' मैं और जोर से गला फाड़कर चीखा, 'जवाब दो मुझे। कहाँ हो तुम?'

लेकिन कमरे में सन्नाटा पसरा रहा।

मेरी कुछ समझ नहीं आ रहा था कि वह सब क्या हो रहा है। फिर एक घटना घटी।

थोड़ी देर बाद ही उस शरीर में वापस छाया की आत्मा आ गई और वह पुनः जिंदा हो उठी।

चंद ही सैकेण्ड में वह यूँ नॉर्मल नजर आने लगी, जैसे उसे कुछ हुआ ही नहीं था।

'य . . . यह सब क्या है?' मैं अभी भी दहशत से छाया को देख रहा था, 'क्या हुआ था तुम्हें?'

'हम सेक्स कभी नहीं कर पाएँगे प्रेम!' क्यारा के शरीर से फिर छाया की आवाज़ निकली, वह हाँफ रही थी, 'क्योंकि यह शरीर क्यारा है, लेकिन सेक्स आत्माओं का नहीं शरीर का मिलन होता है।'

ओह, पलक झपकते ही मैं जैसे सब कुछ समझ गया।

वाकई ईश्वर की इच्छा के बिना इस दुनिया में कुछ नहीं होता। विधि का विधान भी कुछ है। हमें सच में लगने लगा था कि छाया ने मृत्यु पर विजय पा ली है, जबकि ऐसा नहीं था। कुछ बंदिशें अभी भी बाकी थीं।

कुल मिलाकर उस दिन के बाद हम दोनों के बीच यह डिसाइड हो गया कि अब हम कभी सेक्स करने की कौशिश भी नहीं करेंगे, क्योंकि दूसरी बार कोई बड़ी दुर्घटना घट सकती थी। संभव था कि ऐसी परिस्थिति में छाया की आत्मा क्यारा का शरीर छोड़कर चली जाती और फिर कभी वापस ही नहीं लौटती।

13
बृन्दा बनी मुश्किल

बृन्दा की वजह से भी प्रॉब्लम हुई।

अगले दिन जब बृन्दा बंगले में आई और उसने एक अजनबी औरत को वहाँ देखा, तो वह चौंक उठी।

दरअसल उस दिन मौसम सुबह से ही ख़राब था। ऐसा लग रहा था, जैसे कभी भी मूसलाधार बारिश होने लगेगी। आसमान पर भी काली घटा घिरी हुई थी।

जब बृंदा वहाँ आई, इत्तेफाक से उस समय मैं और छाया बेडरूम में लेटे हुए थे।

बृंदा एकदम से बेडरूम के अन्दर घुसी चली आई।

उसकी गलती भी कुछ नहीं थी।

वह तो यही समझ रही थी कि बंगले में सिर्फ मैं और अंश ही हैं।

लेकिन बृन्दा की निगाह जैसे ही हम दोनों पर पड़ी, तो पहली नजर में ही वह सारा मामला भाँप गई।

उसने समझा कि छाया की मौत के बाद मेरा किसी दूसरी औरत के साथ अफेयर शुरू हो गया है।

'ओह सॉरी!' बृन्दा हड़बड़ाई और उसने जल्दी से बेडरूम छोड़कर जाना चाहा।

'सुनो बृन्दा!' मैंने फौरन पीछे से बृन्दा को आवाज़ दी।

बृन्दा के कदम ठिठक गए।

'मेरे लिए ब्लैक कॉफी बना देना।'

'जी साहब!'

'और मेरे लिए एक नॉर्मल कॉफी।'

वह छाया की आवाज़ थी। उस आवाज़ ने बृन्दा को यूँ चौंकाया, जैसे उसे इलेक्ट्रिक शॉक लगा हो।

उसने अब बेहद हड़बड़कार छाया की तरफ देखा। लेकिन वहाँ चेहरा किसी और का था।

'ज . . . जी मेमसाहब्!' वह जल्दी वहाँ से चली गई।

लेकिन सच तो यह है कि उस आवाज़ ने बृन्दा को अंदर तक से झकझोर कर रख दिया था।

वह मेरे और छाया के लिए जल्द ही कॉफ़ी बनाकर ले आई।

मगर मैंने बृंदा की आँखों में देखा, तो मुझे महसूस हुआ कि उसके मन में मेरे लिए इज्ज़त कम हुई है।

आखिर कुछ भी कहो, बृंदा भी एक औरत थी।

अच्छी और सुसंस्कृत औरत।

भला किसको यह अच्छा लगता कि मेरी पत्नी को मरे अभी कुछ ही दिन हुए थे और मेरा अफेयर भी शुरू हो गया था। मैं एक औरत को अपने बेडरूम के अन्दर तक ले आया था।

उसके बाद तो कहने के लिए कुछ बचता ही नहीं था। अब अन्दर की कहानी कहाँ किसको मालूम थी?

न मालूम थी, न बताई जा सकती थी।

◆

उसके बाद तो बृन्दा और छाया के बीच कई घटनाएँ घटीं, जिसने बृन्दा को चौंकाया।

जैसे उसने एक दिन छाया को अंश के रूम में देखा, जब वह अंश को अपनी छाती से चिपकाए उसे दूध पिलाने की कोशिश कर रही थी। अंश भी बेहद खुशी-खुशी उसकी छाती से चिपका हुआ था और वह बीच-बीच में किलकारी मार देता था।

बृन्दा उस दिन भी जल्दी रूम से बाहर निकल गई। हालाँकि छाया ने देख लिया था कि बृन्दा उसे देख चुकी है।

फिर तो ऐसे भी कई वाकये हुए, जब जाने-अनजाने छाया के मुँह से बृन्दा के बारे में ऐसी कोई बात निकल गई, जिसे वो पहले से जानती थी।

उन वाकयों ने भी बृन्दा को बुरी तरह चौंकाया।

जैसे एक दिन छाया बेडरूम में थी।

शरीर ज़रूर क्यारा का था, लेकिन छाया ने अपने ही अंदाज़ में साड़ी पहनी हुई थी। जुड़ा गूँथा हुआ था।

सच तो यह है कि वो पीछे से बिल्कुल छाया नज़र आ रही थी।

हू-ब-हू छाया!

तभी बेडरूम में बृंदा एंटर हुई।

छाया की बैक तब बृंदा की तरफ थी।

बृंदा ने जैसे ही उसे देखा, वह चौंक गई। उसे लगा, बेडरूम में छाया ही खड़ी है।

'अरे मेमसाब आप!' वह बेहद हैरानी के साथ बोली, 'आप . . .।'

सच तो यह है, वह डर गई थी।

छाया को जिंदा देखकर कोई भी डरता।

तभी छाया पलटी।

चेहरा ''क्यारा'' का था।

'ओह!' बृंदा ने राहत की साँस ली, 'सॉरी मेमसाब! मैंने समझा, मेरी छाया मेमसाब हैं।'

'क्यों?' छाया के होंठों पर गहरी मुस्कराहट दौड़ी, 'क्या मैं तुम्हारी छाया मेमसाब नहीं हो सकती?'

'नहीं मेमसाब!' बोलते-बोलते एकाएक बृंदा की जबान लड़खड़ा गई, फिर उसने जल्दी से बात संभाली, 'आप भी अच्छी हैं मेमसाब! लेकिन . . . लेकिन मेरी छाया मेमसाब की बात ही कुछ अलग थी। वो अच्छी नहीं बहुत अच्छी थीं।' वह शब्द कहते-कहते बृंदा की आँखों में आँसुओं की बूंदें छलछला आईं।

सच तो ये है, छाया की आँखों में भी आँसुओं की बूँदें छलछला आईं थीं।

भला किसी का अपने प्रति इतना ज्यादा प्यार देखकर कौन भावुक न हो जाता।

'क्या मैं कभी तुम्हारी छाया मेमसाब की जगह नहीं ले सकती?' छाया ने जल्दी से अपने आँसू छिपाकर पूछा।

'सॉरी मेमसाब!' बृंदा की आवाज़ दबी-दबी थी, 'पर नहीं ले सकतीं। हाँ, एक बात जरुर कहूँगी।'

'क्या?'

'आपकी आवाज़ मेरी छाया मेमसाब से बहुत मिलती है।'

छाया उसकी वह बात सुनकर सहम गई।

उसे अब अपनी आवाज़ ही डराने लगी।

'इतना ही नहीं मेमसाब!' बृंदा धाराप्रवाह बोली, 'आपकी बहुत सारी आदतें भी मेरी छाया मेमसाब से मिलती हैं। आपकी पसंद, नापसंद, आपके कपड़े पहनने का स्टाइल, आपका खाना-पीना सब मेरी छाया मेमसाब से मिलता है।'

छाया अब सहमें-सहमें अंदाज़ में बृंदा को देखने लगी।

'आप चलती भी हैं न मेमसाब!' बृंदा बोली, 'तो ऐसा लगता है, जैसे मेरी छाया मेमसाब चल रही हैं।'

'ठीक है – ठीक है।' छाया थोड़े तल्ख़ लहजे में बोली, 'मेरी इतनी सारी आदतें तुम्हारी छाया मेमसाब से मिलती हैं, लेकिन फिर भी मैं तुम्हारी छाया मेमसाब नहीं हो सकती?'

'सॉरी मेमसाब! अगर आपको मेरी बात बुरी लगी हो तो?'

'कोई बात नहीं। किचन का बहुत काम पड़ा है, तुम जल्दी वह जाकर कम्पलीट करो। फिर डिनर की भी तैयारी करनी है।'

'जी मेमसाब!'

बृंदा चुपचाप नज़रें झुकाकर वहाँ से चली गई।

छाया की आँखों में फिर आँसुओं की बूँदे छलछला आई थीं।

वह बृंदा को जाते देखती रही।

उसकी आँखों में तब तक बृंदा की पीठ में गड़ी रहीं, जब तक वह उसकी आँखों से ओझल न हो गई।

◆

'प्रेम!' एक दिन छाया सहमते हुए मुझसे बोली, 'मुझे तुमसे कुछ कहना है।'

'क्या?'

'मुझे बृन्दा से डर लगने लगा है।'

'डर!' मैं चौंका, 'कैसा डर? बृन्दा से डरने की क्या ज़रूरत है?'

'दरअसल उसका घर में काफी आना-जाना है, इसलिए मेरे ऐसे काफी राज हैं, जो वह जान गई है।'

'राज!'

'हाँ।'

'कैसे राज?'

'जैसे उसने मुझे अंश को दूध पिलाते हुए देखा।'

मैं चौंका।

मुझे वह बात पहली बार पता चल रही थी।

'लेकिन।' मैं बोला, 'अगर उसने तुम्हें अंश को दूध पिलाते हुए भी देखा, तो उसमें प्रॉब्लम क्या है?'

'प्रॉब्लम बहुत बड़ी है प्रेम, मुझे इस बात का डर है कि कहीं वो इस राज को न जान जाए कि मैं छाया ही हूँ। मैं मरने के बाद भी दोबारा इस घर में आ गई हूँ।'

मुझे एक और झटका लगा।

उस बारे में तो मैंने कभी सोचा भी नहीं था।

'वो . . . वो यह सब कैसे जान जाएगी?'

'मेरे ऊपर शक करने के लिए उसके पास सबसे बड़ी वजह तो मेरी आवाज़ ही है। मत भूलो, मेरी आवाज़ छाया की ही है। वह कह भी रही थी कि मेरी आवाज़ छाया मेमसाब से बहुत मिलती है।'

'ओह!'

मैं सन्न् रह गया।

'इसके अलावा बृन्दा के सामने जाने-अनजाने मेरे मुँह से कई बार ऐसी बातें निकल जाती हैं, जो सिर्फ छाया को ही मालूम हो सकती थीं। उन बातों को सुनकर मैंने बृन्दा को हमेशा चौंकते हुए देखा है। इससे साफ जाहिर है कि वह बातें भी कहीं-न-कहीं उसके दिमाग में नोटिस हो रही हैं।'

उसकी बातें सुनकर मैं भी अब टेंशन में आ गया था।

मुझे भी लगने लगा था कि छाया सही कह रही है।

बृन्दा सचमुच आने वाले समय में हमारे लिए एक बड़ी मुसीबत बन सकती थी।

'अच्छा मेरे एक सवाल का जवाब दो।' बृन्दा को लेकर अब एकाएक मैं भी बहुत गंभीर हो गया था।

'पूछो।'

'मान लो।' मैंने संभावना व्यक्त की, 'अगर बृन्दा को यह राज पता चल गया, तो क्या होगा?'

'तो हमारे लिए बहुत बड़ी मुश्किल पैदा हो जाएगी प्रेम!'

'कैसे?'

मेरे चेहरे पर अब बैचेनी थी।

मैं खुद जानना चाहता था कि क्या मुश्किलें हमारे सामने पैदा हो सकती थीं?

'अगर लोगों को यह राज पता चल गया कि तुम एक आत्मा के साथ इस बंगले में रह रहे हो, तो तुम्हारा यहाँ रहना मुश्किल हो जाएगा। तुम्हारे लिए मैं छाया हूँ प्रेम! तुम्हारा प्यार हूँ। लेकिन लोगों की निगाह में, मैं एक ''भूत'' हूँ। ऐसी हालत में शायद तुम्हारा पब्लिशर ही तुम्हें इस बंगले से निकाल देगा। यह बात अगर मीडिया तक पहुँच गई, तो इसका तुम्हारे कैरियर पर भी बुरा असर पड़ सकता है। लोग तुम्हें पागल समझने लगेंगे। तुम्हारी किताबें बिकनी बंद हो जाएँगी। इतना ही नहीं, फिर तुम मेरे साथ इतना खुलेआम बाहर सड़क पर भी नहीं घूम पाओगे। अभी जो बात छोटी-सी नजर आ रही है प्रेम, वही बात आने वाले समय में तुम्हारी पूरी लाइफ बर्बाद कर सकती है।'

मैं भौंचक्का-सा छाया की बात सुनता रह गया।

'माई गॉड!' मैं बड़े अचरज के साथ बोला, 'मैं सोच भी नहीं सकता था कि इस बात का इतना दूरगामी रिजल्ट भी निकल सकता है।'

'अभी रिजल्ट निकला नहीं है।' छाया बोली, 'यह सिर्फ संभावना है, सिर्फ संभावना।'

'मगर ऐसी संभावना है।' मैं बोला, 'जो पॉसिबल है।'

'करैक्ट।'

मैं बेहद टेंशन में वहीं एक चेयर पर बैठ गया।

मैं सोचने लगा।

'इन तमाम हालात से बचने का एक ही तरीका है छाया!'

‘क्या?’

‘हमें बृन्दा को निकालना होगा।’ मेरे चेहरे पर फैसले जैसे भाव थे।

‘नौकरी से!’ छाया भी चौंकी।

‘हाँ। इसके अलावा दूसरा कोई रास्ता ही नहीं है।’

‘लेकिन तुम बृन्दा को क्या बोलकर नौकरी से निकालोगे प्रेम? वह अपना हर काम पूरी जिम्मेदारी के साथ पूरा करती है। उसने आज तक हमें कभी कोई शिकायत का मौका भी नहीं दिया है।’

‘तुम्हारी सब बातें अपनी जगह बिल्कुल ठीक हैं छाया। लेकिन अब उसे नौकरी पर रखना ही सबसे बड़ा खतरा है।’

छाया भी गहरी सोच में डूब गई।

‘मुझे लगता है।’ छाया काफी सोच-विचार करने के बाद बोली, ‘इतना बड़ा फैसला लेने से पहले हमें कुछ दिन इंतजार करना चाहिए। अगर हमें बृन्दा की तरफ से प्रॉब्लम बहुत ज्यादा बढ़ती दिखाई देती है, तब हम यह फैसला लेंगे। मैं नहीं चाहती, हम सिर्फ शक के आधार पर किसी के ऊपर इतना बड़ा जुल्म करें।’

कुछ दिन इंतजार करने में कुछ बुराई न थी।

और मुझे आज लगता है, छाया का वह फैसला बहुत अच्छा था। अगर हम उस दिन विचारों के प्रवाह में बहकर बृन्दा के खिलाफ कोई फैसला ले लेते और उसे नौकरी से निकाल देते, तो शायद हम ज़िंदगी भर अपने आपको कभी माफ न कर पाते।

क्योंकि बृन्दा वो नहीं थी, जिसकी वजह से मुश्किलें खड़ी होतीं।

बृन्दा तो वह थी, जो हमारी ज़िंदगी में मुश्किलें दूर करने के लिए आई थी।

◆

फिर कुछ दिन बाद एक और घटना घटी।

ऐसी घटना, जिसने बृन्दा की तरफ देखने का हमारा नजरिया पूरी तरह बदलकर रख दिया।

उस दिन सुबह से ही बारिश हो रही थी। तेज़ मूसलाधार बारिश। मैं स्टडी रूम में बैठा लिखने में बिज़ी था। आजकल मेरा हर काम में खूब दिल लगने लगा था।

'साहब!' एक दिन बृन्दा बहुत चुपचाप मेरे पास आई और फुसफुसाते हुए बोली, 'मैं आपसे क्यारा मेमसाब के बारे में कुछ कहना चाहती हूँ साहब!'

'क . . . क्यारा मेमसाब?'

मेरे हाथ-पैर ठंडे हो गए।

मेरा दिल अजीब-सी आशंका से धड़कने लगा।

मुझे लगा, आज वो ज़रूर हमारे शक को सच्चाई में बदलने वाली है।

'क्यारा मेमसाब के बारे में क्या कहना चाहती हो तुम?' मैंने पूछा।

'साहब!' बृन्दा पहले की तरह फुसफुसाते हुए बोली, 'जबसे क्यारा मेमसाब इस घर में आई हैं, तबसे सब कुछ अलग-अलग हो रहा है। बाबा से भी वो बहुत प्यार करती है। पूरे घर को उन्होंने बिल्कुल इस तरह से हेण्डिल कर रखा है, जैसे अपनी छाया मेमसाब करती थीं।'

'मैं कुछ समझा नहीं।' मेरे चेहरे पर शक के भाव और बढ़े, 'जो कहना है, एकदम साफ-साफ कहो।'

'साहब, हालाँकि छोटे मुँह बड़ी बात है।' बृन्दा बोली, 'लेकिन आप क्यारा मेमसाब से शादी क्यों नहीं कर लेते?'

'श . . . शादी!'

मैं भौंचक्का रह गया।

धमाका हो गया।

ज़बरदस्त धमाका।

बाहर बहुत तेज़ जो मूसलाधार बारिश हो रही थी, वह एकदम से रुक गई।

मैं सोच भी नहीं सकता था कि बृन्दा ऐसी कोई बात कहेगी।

'हाँ, साहब!' बृन्दा के चेहरे पर अब थोड़े शरमाने जैसे भाव उभरे, 'आप क्यारा मेमसाब से शादी कर लेंगे, तो बाबा को भी माँ मिल जाएगी। बाबा तो अब उन्हें ही अपनी माँ समझने लगा है।'

मैं स्तब्ध रह गया।

मैं सोच भी नहीं सकता था कि बृन्दा उस प्रॉब्लम का ऐसा सोल्यूशन देगी।

यह तो खुद मेरी और छाया की प्रॉब्लम का भी हल था।

मौसम एकाएक बहुत साफ़ हो गया था।

बहुत खुला खुला।

◆

'सही कहती है बृन्दा!' मैं उसी शाम छाया से बड़े उत्साह के साथ बोला, 'हम दोनों को शादी कर लेनी चाहिए।'

'शादी!' छाया बोली, 'लेकिन शादी तो हमारी कोलकाता में ही हो चुकी थी।'

'मत भूलो, वह शादी छाया के साथ हुई थी। वह छाया का शरीर था। हम

सिर्फ कहते हैं, शादी दो आत्माओं का मिलन है। लेकिन दुनिया में हमारी आइडेण्टीफिकेशन हमारा शरीर और हमारा चेहरा ही है। और इस समय तुम्हारा शरीर, तुम्हारा चेहरा क्यारा का है। अगर हमने इस रिश्ते को मान्यता देनी है, तो हमें शादी करनी ही होगी। तभी हम इस सोसायटी में खुलकर एक-दूसरे के साथ रह पाएँगे।'

'शायद तुम ठीक कह रहे हो प्रेम!'

'शायद नहीं, मैं हण्ड्रेड परसेंट ठीक कह रहा हूँ। इसके अलावा हमारी प्रॉब्लम का कोई सोल्यूशन नहीं।'

'यानि हम दोबारा शादी करेंगे?'

'यस! हण्ड्रेड परसेंट!'

'वॉउ! सैकेण्ड मैरेज! वो भी सेम हसबैंड! सेम वाइफ!'

सचमुच उस प्रॉब्लम का वह शानदार हल था।

छाया दूसरी शादी के लिए तुरन्त तैयार हो गई।

सच तो यह है, उस बात ने हम दोनों को ही अद्भुत रोमांच से भर दिया था कि हम अब दोबारा शादी करेंगे।

छाया तो पहले से भी ज्यादा रोमांटिक हो उठी थी। उसने मुझे अपनी बाँहों में समेटकर कई बार मेरे चेहरे पर चुंबन अंकित कर डाले।

'आई लव यू प्रेम!' वह बेहद उत्साह से बोली, 'आई लव यू।'

'लेकिन हम शादी कब करेंगे?'

'फोरटींथ फैब!' छाया ने जल्दी से कहा, 'अगले महीने ही फोरटींथ फैब है। वही तारीख, जब हमारी पहली शादी हुई थी। वेलेंटाइन डे! हम अपनी दूसरी शादी भी फोरटींथ फैब को ही करेंगे, प्यार करने वालों का दिन! इससे अच्छी तारीख कोई हो ही नहीं सकती।'

सच कहा था छाया ने, हमारी शादी की इससे अच्छी तारीख कोई नहीं हो सकती थी।

'इतना ही नहीं, हम अपनी शादी की यहीं लंदन में छोटी-सी सेलीब्रेशन पार्टी भी रखेंगे।' छाया अपनी दूसरी शादी के सपने भी सजाने लगी, 'सबसे पहले एक काम करते हैं, आज ही हम अपनी शादी के कार्ड भी प्रिण्ट होने के लिए देकर आते हैं।'

'ठीक है।'

मैं भी तुरन्त मार्किट जाने के लिए तैयार होने लगा।

उफ़!

मैं अद्भुत रोमांच से भरा हुआ था।

छाया से दूसरी शादी!

वाकई बहुत थ्रिलिंग था।

14

ज़बरदस्त झटका-नया आगुंतक

यही वो पल था, जब इस कहानी में सबसे बड़ा ट्विस्ट आया।

अब आप भी संभलकर बैठ जाइए।

क्योंकि आगे जो कुछ हुआ, उसने मेरी और छाया की ज़िंदगी में ज़बरदस्त भूकम्प ला दिया।

एकाएक बंगले की डोरबैल बजी।

कोई आया था।

कौन?

यह मेरी समझ में भी नहीं आया।

बृन्दा उस समय घर पर नहीं थी। मैंने आगे बढ़कर बंगले का मेन डोर खोला।

सामने एक बहुत यंग हैण्डसम लड़का था।

जिसके बाल कर्ली और लम्बे-लम्बे थे। साइड लॉक काफी नीचे तक थे। आँखें भूरी थीं। पहली नज़र देखने पर वह राज कपूर फैमिली का चशमों-चिराग लगता था। खासतौर पर वह रणवीर कपूर से तो हद से ज्यादा मिलता था। आँखों का कलर बिल्कुल वही था।

'यस प्लीज!'

'मिस्टर परिमल घोष?' उसने बड़ी गहरी नजरों से मेरी तरफ देखा।

'यस!'

'मैं रॉबिन सिंह, दिल्ली से। क्या क्यारा आई थी यहाँ?'

'क . . . क्यारा!'

जैसे कोई बिजली मेरे दिल-दिमाग पर गड़गड़ाकर गिरी।

जैसे कोई बम फटा।

उफ़!

छाया उस समय बंगले में ऊपर थी, डोरबैल की आवाज़ सुनकर वह भी जल्दी-जल्दी सीढ़ियाँ नीचे आ गई।

''क्यारा'' का नाम सुनकर वह भी चौंकी।

वह दरवाज़े से थोड़ा फासले पर आकर खड़ी हो गई।

'जी हाँ।' रॉबिन बोला, 'वह आपकी वाइफ छाया की दोस्त थी। क्यारा और मेरी एंगेजमेण्ट हो चुकी है और नेक्स्ट मंथ फोरटींथ फैब को हमारी शादी भी है। लेकिन लंदन आने के बाद वह एकाएक गायब हो गई है। उसका फोन भी नहीं लग रहा है। उसने कहा था, वह आपके पास आएगी। इसीलिए मैं लंदन आने के बाद सबसे पहले आपसे मिलने ही आया हूँ।'

'क . . . क्यारा!' मेरी आवाज़ जैसे हलक में ही फँस गई।

'जी हाँ।'

छाया के चेहरे की रंगत भी एकदम पीली जर्द पड़ गई।

वह भी अपनी जगह सन्न खड़ी रह गई थी।

स्तब्ध!

रॉबिन का यूँ अकस्मात आना हम दोनों को ही डरा देने के लिए पर्याप्त था।

'नहीं।' मैंने जल्दी से सम्भलकर सफेद झूठ बोला, 'इस नाम की तो कोई लड़की मुझसे मिलने नहीं आई।'

'शायद आप भूल गए हैं।' रॉबिन नाम का वह लड़का बड़ी बेसब्री से बोला, 'यह देखिए, मेरे पास क्यारा का फोटो भी है। शायद उसका फोटो देखकर आपको कुछ याद आए।'

रॉबिन ने जल्दी से क्यारा का फोटो निकालकर मुझे दिखाया। क्यारा का वह फोटो रॉबिन के साथ था, जिसमें वह दोनों एक-दूसरे को कसकर हग किए हुए थे और बेहद रोमांटिक मुद्रा में नजर आ रहे थे।

'पहचाना?' रॉबिन बोला, 'शायद अभी पहचाना हो?'

'न . . . नहीं।' मैंने पुनः इंकार में गर्दन हिलाई।

रॉबिन के चेहरे पर अब गहरी निराशा के बादल घिर आए।

उसकी आँखें भी भीग गईं।

'मैं बड़ी उम्मीद से आपके पास आया था।' रॉबिन रुआँसे स्वर में बोला, 'हम दोनों बहुत प्यार करते हैं एक-दूसरे से। क्यारा तो शादी को लेकर बेहद उत्साहित थी। बहुत सपने बुन रखे थे उसने। शादी के बाद क्या-क्या करना है, यह सारी प्लानिंग बना डाली थी। और . . . और अब एकाएक वो कहीं गायब हो गई है।'

ऐसा लगा जैसे रॉबिन, क्यारा को याद करके अभी फूट-फूटकर रो पड़ेगा।

मैं सन्न रह गया।

मेरी रॉबिन से आँख मिलाने तक ही हिम्मत न हुई।

छाया दरवाज़े के पीछे खड़ी अभी भी वह सब सुन रही थी और वह इस समय मुझसे भी ज्यादा शोक्ड थी।

'अ . . . आओ।' मैंने थोड़ा हिम्मत जुटाकर रॉबिन से कहा, 'अंदर आओ।'

'नहीं।' रॉबिन ने अपनी आँखों से आँसू साफ किए, 'अभी मैं चलता हूँ। मुझे क्यारा को ढूँढना है। मैं क्यारा को लेने लंदन आया हूँ और उसे लेकर ही जाऊँगा।'

उसकी आवाज़ में गज़ब का कॉन्फिडेंस था।

फिर रॉबिन ने बड़ी बेचैनी के साथ ही अपना विजिटिंग कार्ड निकाला और उसे मेरी तरफ बढ़ाया।

'यह मेरा कॉण्टेक्ट नम्बर है।' रॉबिन बोला, 'अगर मेरी क्यारा के बारे में कैसी भी कोई इन्फ़ॉर्मेशन मिले, तो मुझे फौरन इस नम्बर पर सूचित करना।'

'ठीक है।' मैंने विजिटिंग कार्ड ले लिया।

रॉबिन चला गया।

15
खुशियों का द एण्ड

मैं और छाया, दोबारा से एक-दूसरे को पाकर जितने खुश थे, वह सारी खुशियाँ रॉबिन के आते ही एकदम से उजड़ गई थीं।

रॉबिन का आना बिल्कुल ऐसा था, जैसे कोई चक्रवाती तूफान आया हो और एक ही झटके में उसने सब कुछ तहस-नहस कर दिया हो।

मैंने और छाया ने मृत्यु पर विजय पाकर जो ट्विस्ट क्रिएट किया था, ऊपर वाले ने रॉबिन को भेजकर कहानी में उससे भी बड़ा टर्न दे डाला था।

छाया के पास शरीर ज़रूर क्यारा का था, लेकिन क्यारा की लाइफ में क्या चल रहा है, यह खुद छाया को भी न मालूम था।

रॉबिन के जाते ही छाया ने बेहद भावावेश में अपने बेटे अंश को दोनों बाँहों में कसकर समेट लिया, वह मुझसे भी दीवानावार अंदाज में चिपट गई और हिड़कियों से रो पड़ी।

'नहीं, मैं तुम दोनों को छोड़कर कहीं नहीं जाऊँगी।' छाया उस समय बेहद घबराई हुई थी, 'यही मेरी दुनिया है। रॉबिन मुझे लेने आया है, लेकिन मैं तुमसे प्यार करती हूँ प्रेम! यह सिर्फ शरीर क्यारा का है। लेकिन . . . लेकिन मैं तो रॉबिन को पहचानती भी नहीं। उससे कोई रिश्ता नहीं मेरा।'

'तुम टेंशन न लो।' मैंने छाया को बाँहों में भरे-भरे उसे सांत्वना दिलाने की

कोशिश की, 'कुछ नहीं होगा। कोई तुम्हें और मुझे एक-दूसरे से अलग नहीं कर सकता। जब मृत्यु हमें एक-दूसरे से जुदा नहीं कर पाई, तो रॉबिन कौन होता है हमें एक-दूसरे से अलग करने वाला।'

'रॉबिन हमें अलग कर देगा प्रेम!' छाया की आवाज़ में अभी भी अजीब-सी बेचैनी घुली थी, वह लगभग चीख उठी, 'तुमने देखा नहीं, वो भी क्यारा से उतना ही प्रेम करता है, जितना मैं तुमसे करती हूँ। उसने कितने विश्वास के साथ कहा था कि वह अपनी क्यारा को अपने साथ लेकर जाएगा। और . . . और यह भी कितना बड़ा इत्तेफाक है कि वो भी उसी तारीख को शादी करने वाले थे, जिस तारीख को हमने शादी का प्लान बनाया।'

'तुम कहना क्या चाहती हो?'

'देखो प्रेम।' छाया अब थोड़ा सम्भल गई, लेकिन वो अभी भी अंश को और मुझे यूँ कसकर पकड़े थी, जैसे हमसे छूटने का डर हो, 'रॉबिन से पीछा छुड़ाने का अब बस एक ही तरीका है।'

'क्या?'

'तुम रॉबिन को किसी तरह यह अहसास दिला दो कि वह अपनी जिस क्यारा को ढूँढ़ने दिल्ली से लंदन तक आ पहुँचा है, दरअसल उसकी वह क्यारा लंदन पहुँची ही नहीं है। वह ज़रूर अभी भी दिल्ली में है। उसे दिल्ली जाकर क्यारा को ढूँढ़ना चाहिए।'

छाया की बात में मुझे दम लगा। सचमुच अगर रॉबिन नाम की उस मुश्किल से छुटकारा पाना था, तो उसे किसी तरह गुमराह करने की ज़रूरत थी।

रॉबिन जब तक लंदन शहर में था, तब तक खतरे की तलवार हमारे सिर पर लटकी थी। एक बार वह शहर छोड़कर चला जाता, तो फिर कोई प्रॉब्लम नहीं थी।

फिलहाल मैं और छाया अपनी शादी की सारी प्लानिंग भूल चुके थे।

हम दोनों के बीच एक और बड़ी अहम् बात तय हुई कि जब तक रॉबिन लंदन सिटी में था, तब तक छाया भी बंगले से बाहर नहीं निकलेगी।

क्योंकि अगर कभी भी रॉबिन ने उसे देख लिया, तो और बड़ा भूकम्प आ जाना था।

बहरहाल उसके बाद मैंने वही किया, जो छाया चाहती थी।

क्योंकि अपने प्यार को पाने के लिए मेरे पास भी दूसरा कोई रास्ता नहीं था।

◆

मैं अगले दिन ही फोन करके रॉबिन से मिला।

रॉबिन से मेरी मुलाकात की दो वजह थीं।

पहली वजह यह जानना था कि रॉबिन, क्यारा को तलाश करने के लिए लंदन में क्या-क्या कदम उठा रहा है? रॉबिन के एक-एक कदम पर निगाह रखना उस समय बेहद ज़रूरी था।

दूसरी वजह उसे किसी तरह गुमराह करके वापस दिल्ली भेज देना था।

मैंने फोन पर रॉबिन के साथ नाटक किया।

'हैलो रॉबिन! आई'म परिमल! परिमल घोष!'

'ओह!'

मेरी आवाज़ सुनते ही रॉबिन अलर्ट हो उठा।

'क्या क्यारा का कुछ पता चला?' रॉबिन ने छूटते ही मुझसे पूछा।

'नहीं।' मैंने बेहद संयमित लहजे में कहा, 'मैंने खुद यही पूछने के लिए तुम्हें फोन किया था।'

'ओह!' रॉबिन की आवाज़ में एकदम से गहरी निराशा घुल गई।

'क्या तुम्हें भी क्यारा की कोई इनफार्मेशन नहीं मिली?'

'नहीं।'

'कहाँ ठहरे हो?'

'लियोनार्डो रॉयल!'

'अरे वही, जो प्रेस्कॉट स्ट्रीट पर है?'

'हाँ, वही।'

'मैं अभी हाफ एन ऑवर में उधर से ही गुजरने वाला हूँ। दरअसल मेरी अपने पब्लिशर के साथ मीटिंग है। नए नॉवल का डिस्कसन करना है। ऐनी वे, मैं तुमसे मिलते हुए जाता हूँ।'

'थैंक्स!'

'व्हाट इज युअर रूम नंबर?'

'एट जीरो फाइव।'

'ओके। मैं थोड़ी देर में तुम्हारे पास पहुँचता हूँ।'

मैंने फोन डिसकनेक्ट कर दिया।

छाया तब मेरे बराबर में ही खड़ी थी और उस समय मेरी एक-एक बात सुन रही थी।

'तुम आराम करो।' मैंने तुरंत छाया से कहा, 'मैं रॉबिन से मिलकर आता हूँ।'

'उसे किसी तरह इण्डिया वापस भेज दो।' छाया की आवाज़ में बेबसी थी।

'मैं वही कौशिश कर रहा हूँ।'

मैं तुरंत वहाँ से निकल गया।

यह तो आप समझ ही गए होंगे कि मेरी पब्लिशर के साथ कोई मीटिंग नहीं थी।

मैंने रॉबिन के साथ सिर्फ नाटक किया था।

वह उससे मिलने का सिर्फ एक बहाना था।

◆

जल्द ही मैं लियोनार्डो रॉयल पहुँच गया।

वह लंदन शहर के बेहतरीन होटलों में से एक था।

रॉबिन सिंह के वहाँ ठहरने से पता चल रहा था, उसकी माली हालत काफी अच्छी है। हालाँकि वो करता क्या है, इस बारे में अभी मेरे पास कोई इन्फोर्मेशन नहीं थी।

रूम नंबर ऐट जीरो फाइव में रॉबिन ने गरमजोशी से मेरा स्वागत किया।

'सचमुच कमाल हो गया है।' मैंने रॉबिन से मिलते ही संवेदना जाहिर की, 'कि तुम्हें अभी तक क्यारा के बारे में कुछ पता नहीं चला।'

'हूँ।'

'मुझे तो लगता है।' मैंने रॉबिन से कहा, 'कि तुम्हें इस बात को लेकर गलतफहमीं हो गई है कि क्यारा लंदन में है। हो सकता है कि वह लंदन पहुंची ही न हो। वो अभी भी दिल्ली में हो।'

'नहीं।' रॉबिन एकाएक पूरे यकीन के साथ बोला, 'वह गारण्टी से लंदन में ही है।'

'यह बात तुम इतने भरोसे के साथ कैसे कह रहे हो?'

'क्योंकि मैं खुद उसे दिल्ली एयरपोर्ट पर सी-ऑफ करने आया था और

तब तक वहीं खड़ा रहा था, जब तक फ्लाइट टेक ऑफ न हो गई। इसके अलावा वो डायरेक्ट फ्लाइट थी। क्यारा के बीच में भी गायब होने का कोई मतलब नहीं था। फिर मैंने लंदन के हीथ्रो एयरपोर्ट पर आकर भी इंक्वायरी की है, वहाँ भी इस बात की तस्दीक हुई है कि क्यारा ने कस्टम चैक आउट किया था।'

'ओह!'

अब मेरी बोलती बंद हो गई।

रॉबिन लंदन आने के बाद सचमुच बहुत फास्ट स्पीड से काम कर रहा था।

'अब तो मैं यह पता लगाने की कोशिश कर रहा हूँ कि लंदन पहुँचने के बाद क्यारा किस होटल में ठहरी थी? स्कॉटलैण्ड यार्ड के मिसिंग पर्सन स्कवॉयड में भी मैंने क्यारा के गायब होने की रिपोर्ट दर्ज करा दी है। स्कॉटलैण्ड यार्ड भी अब क्यारा को तलाश कर रही है।'

'त . . . तुमने पुलिस में भी इंफॉर्मेशन दे दी?' मुझे जोरदार झटका लगा।

'वह तो देनी ही थी।' रॉबिन बोला, 'क्यारा को तलाशने की मैं कोई कोशिश उठाकर नहीं रखना चाहता हूँ।'

वह मेरे लिए एक और बुरी खबर थी।

यानी अब पुलिस भी छाया के पीछे थी।

मैं चुपचाप बंगले में लौट आया और मैंने वह सब बातें अब छाया को बताईं।

छाया तो वह बातें सुनकर और परेशान हो गई।

रॉबिन के लंदन आने के बाद अब हमारी मुश्किलें बढ़ने लगी थीं।

उसी बातचीत में मुझे यह भी पता चला कि रॉबिन सिंह एक आर्किटेक्ट था और दिल्ली में उसकी आर्किटेक्ट की एक बड़ी फर्म थी। उसका टायप

डीडीए (दिल्ली डेवलपमेंट अथॉरिटी) के साथ था और वह उनके प्रोजेक्ट्स डिज़ाइन करता था।

यानि सॉलिड पैसे वाला बंदा था।

◆

अगले दिन फिर एक घटना घटी।

बृंदा सुबह-ही-सुबह बेहद घबराई हुई बंगले में आई। उसके चेहरे पर हवाइयाँ उड़ रही थीं और उसके हाथ में एक न्यूज पेपर था।

'साहब-साहब!' बृंदा आते ही बोली, 'क्यारा मेमसाब की फोटो आज के अखबार में छपी है। पुलिस उन्हें ढूँढ रही है।'

'अखबार में फोटो!' मुझे और छाया को ज़बरदस्त झटका लगा।

धमाका हो गया।

ज़बरदस्त धमाका।

हमने अखबार देखा। अखबार के कवर पेज पर ही छाया की फोटो थी, जो स्कॉटलैण्ड यार्ड की तरफ से दी गई थी। स्कॉटलैण्ड यार्ड के फोन नम्बर भी उस विज्ञापन में थे।

हमने टीवी खोलकर देखा, तो खबरों में भी क्यारा का फोटो दिखाया जा रहा था। बल्कि रॉबिन के बारे में भी बताया जा रहा था कि वह उसकी फियान्सी है।

'हे भगवान!' छाया का मुँह खुले का खुला रह गया, 'यह मामला तो हद से ज्यादा बढ़ चुका है।'

'एक बात पूछूँ?' बृंदा ने कौतुहलतावश पूछा, 'क्या सचमुच रॉबिन साहब से आपकी शादी होने वाली थी मेमसाब?'

'हाँ।' छाया ने तुरन्त जवाब दिया, 'हमारी एंगेजमेण्ट हो चुकी थी और हम शादी करने वाले थे।'

मैंने चौंककर छाया की तरफ देखा।

मुझे उम्मीद नहीं थी कि वह किसी बाहरी व्यक्ति के सामने उस सच्चाई को कबूल करेगी।

'फिर!' बृंदा ने भी हैरानी से पूछा, 'फिर अब आप उनसे शादी क्यों नहीं कर रहीं?'

'क्योंकि एंगेजमेण्ट के बाद मुझे पता चला कि रॉबिन जैसा दिखाई देता है, वैसा है नहीं।' छाया ने तुरंत एक कहानी बनाकर सुना डाली, 'वह बात-बात में मुझे टॉर्चर करता था। जरा-सी बात पर भी बेहद गुस्सा हो जाता और मुँह से गंदी-गंदी गालियाँ निकालने लगता। बस मैंने तभी फैसला कर लिया कि मैं रॉबिन से शादी नहीं करूँगी।'

'आपने बिल्कुल ठीक फैसला किया मेमसाब!' एकाएक बृंदा की आँखों में छाया के प्रति हमदर्दी दिखाई पड़ने लगी, 'ऐसे मर्दों से शादी न करना ही ठीक है बल्कि मैं तो कहती हूँ , अगर यह बात है तो आपने पुलिस में जाकर बयान दे देना चाहिए। वैसे भी आप एडल्ट हैं, किसी से शादी करने और न करने का फैसला पूरी तरह आपके ऊपर निर्भर है। इससे कम-से-कम स्कॉटलैण्ड यार्ड आपको ढूंढना तो बंद करेगी।'

बृंदा की बात सुनकर मैं और छाया दोनों चौंके।

सच तो यह है, उसने जाने-अनजाने उस समस्या का एक बहुत बड़ा हल हमें दे दिया था।

उसी रात छाया और मेरे बीच उस विषय पर गहन बातचीत हुई।

'क्या करना चाहिए?' छाया बोली, 'क्या मैं पुलिस को बयान दे दूँ कि

मुझे रॉबिन से शादी नहीं करनी है और अब मेरे हसबैण्ड तुम होओगे। इससे सचमुच सारा मामला ही निपट जाएगा।'

'बात काफी हद तक ठीक है।' मैं बोला, 'अगर खामोशी से सारा मामला निपट जाए, तो ज्यादा बेहतर है, लेकिन मुझे लगता नहीं कि तुम्हारे मना करने से रॉबिन चुप बैठ जाएगा। वह बहुत प्यार करता है क्यारा से, वह कोई-न-कोई नया हंगामा ज़रूर क्रियेट करेगा। उसे यकीन नहीं होगा कि तुम सच बोल रही हो।'

'नहीं होगा तो न सही। पुलिस तो मानेगी मेरी बात।'

'सिर्फ पुलिस के मानने से बात नहीं बनने वाली। वह तुम्हारा पीछा नहीं छोड़ेगा। वह अकेला इंक्वायरी करेगा। हो सकता है कि ऐसे हालात में उसे तुम्हारा सच भी पता चल जाए।'

'तो फिर क्या करें?' छाया बेचैन हो उठी।

'मैं इस मामले से छुटकारा पाने का एक आसान रास्ता निकालता हूँ।' मैं कुछ सोचते हुए बोला, 'एक आईडिया है मेरे दिमाग में।'

16
नया आइडिया

अगले दिन से मैंने उस आईडिये पर काम करना शुरू किया।

सुबह-ही-सुबह मैंने लंदन के ''रेड टेलीफ़ोन बॉक्स'' (लंदन शहर के वह टेलीफोन बूथ, जो अपने डिज़ाइन के लिए पूरी दुनिया में प्रसिद्ध हैं) से स्कॉटलैण्ड यार्ड को गुप्त इन्फ़ॉर्मर बनकर एक फोन किया और उन्हें बताया कि हिल्टन ब्रिज के नीचे एक कार पड़ी है। शायद किसी का ज़बरदस्त एक्सीडेण्ट हो गया है।

मैं जानता था, उस एक फोन कॉल से क्या होगा?

वह एक दूरगामी सोच थी।

'हू इज स्पीकिंग?' स्कॉटलैंड यार्ड का ऑफिसर चीख-चीखकर बोला, 'एंड फ्रॉम व्हेयर?'

'डोंट इन्क्वुआयर सो मच।' मैं भरभराए स्वर में बोला, 'फोकस ऑन द इनफार्मेशन गिवन टू यू।'

'हैलो! हैलो!!' स्कॉटलैंड यार्ड का ऑफिसर चिल्लाता रह गया।

मैंने फोन डिसकनेक्ट कर दिया।

फोन डिसकनेक्ट करने के बाद मैं सीधा रॉबिन के पास पहुँचा।

रॉबिन तभी पुलिस हैडक्वार्टर से आया था।

'क्यारा का कुछ पता चला?'

'नहीं।' रॉबिन बेहद बुझे स्वर में बोला।

'पुलिस से कुछ पता चला हो?'

'किसी से कुछ पता नहीं चला। मैं उसे तलाश कर-करके थक चुका हूँ। ऐसी कोई जगह नहीं, जहाँ मैंने उसे न तलाश किया हो। वो होटल भी बहुत ढूंढा, जहाँ वो आकर रही होगी। उस होटल का भी कुछ पता नहीं चला।'

'ओह!'

बातचीत करते-करते रॉबिन ने टीवी ऑन कर दिया।

टीवी पर न्यूज़ आ रही थी।

इस बीच उसने इंटरकॉम से 2 कॉफी भी ऑर्डर कर दी।

'फिर अब क्यारा को कहाँ तलाश करोगे?' मैंने बातचीत का सिलसिला आगे बढ़ाते हुए पूछा।

'मुझे खुद कुछ समझ नहीं आ रहा है।' रॉबिन बेहद बैचेनी के साथ बोला, 'कि मैं कहाँ तलाश करूँ उसे?'

वह सच में बहुत टेंशन में था।

परेशानी उसके चेहरे से साफ़-साफ़ झलक रही थी।

उसकी हालत ऐसी थी, जैसे बातचीत करते-करते वो रो पड़ेगा। साफ़ लगता था कि वह क्यारा से बेहद प्यार करता था और अब उसके गायब होने की वजह से बहुत परेशान था।'

तभी वेटर कॉफी भी सर्व कर गया था। हम दोनों गरमा-गरम कॉफी सिप करने लगे।

अभी हम कॉफी सिप कर ही रहे थे कि एकाएक टीवी पर हिल्टन ब्रिज के नीचे से बरामद हुई कार की ब्रेकिंग न्यूज चलने लगी। टीवी पर क्रेन से कार को बाहर निकालते हुए दर्शाया जा रहा था। स्कॉटलैण्ड यार्ड की कई पेट्रोलिंग कार हिल्टन ब्रिज के पास खड़ी थीं। न्यूज में बताया ज़ा रहा था कि एक्सीडेण्ट ज़बरदस्त था और स्कॉटलैण्ड यार्ड का मानना है कि वह एक्सीडेण्ट कई दिन पहले हुआ है। अलबत्ता कार के अंदर से किसी की लाश बरामद नहीं हुई है। हाँ, कुछ लेडीज सामान ज़रूर कार में था।

फिर वह सामान भी टीवी पर दिखाया जाने लगा। उसमें एक लेडीज वेनिटी बैग, एक टूटा हुआ सेल फोन और वेनिटी बैग के अंदर से बरामद हुआ कुछ मेकअप का सामान था। जैसे मसकारा, कॉम्पेक्ट, आई शेडो और लिप लाइनर वगैरा-वगैरा।

उस सामान को देखते-देखते रॉबिन एकाएक कॉफी पीना भूल गया और वह झटके के साथ अपनी जगह से उठकर खड़ा हुआ।

'क . . . क्या हुआ?' मैंने चौंकने का अभिनय किया।

'यह!' वह एकदम हड़बड़ाकर बोला, 'यह सारा सामान तो क्यारा का है।'

'क्या कह रहे हो?' मैंने भी जानबूझकर ज़बरदस्त हैरानी का प्रदर्शन किया।

'हाँ।' रॉबिन बोला, 'मुझे अभी पुलिस के पास जाना होगा।'

'प . . . पुलिस!'

'हाँ, पुलिस!'

वह शब्द बोलते-बोलते रॉबिन फ़ौरन कमान से छूटे तीर की तरह दरवाज़े की तरफ झपटा।

मैं भी उसके पीछे-पीछे झपटा।

अभी तक सब कुछ मेरी योजनानुसार हो रहा था।

◆

मैं, रॉबिन के साथ फौरन स्कॉटलैण्ड यार्ड के हैडक्वार्टर पहुँचा।

वह एक बहुमंजिला इमारत थी और लंदन शहर में कानून व्यवस्था बनाए रखने की वजह से बेहद प्रसिद्ध थी।

'यस प्लीज़!' स्कॉटलैंड यार्ड का एक ऑफिसर बेहद सम्मानित लहजे में बोला।

'आई'म रॉबिन!' रॉबिन बेहद हड़बड़ाया हुआ धाराप्रवाह अंग्रेजी में बोलता चला गया, 'देट हिल्टन ब्रिज कार एक्सीडेंट न्यूज़ ऑन टीवी। जस्ट नाउ, आई सॉ। आई वांट टू सी व्हाट यू फाउंड इन द कार।' (अभी-अभी हिल्टन ब्रिज पर जिस कार एक्सीडेंट की न्यूज़ टीवी पर दिखाई जा रही है, मुझे उस कार से बरामद सामान देखना है।)

'व्हाय?'

'आई थिंक! आई गेस, इट्स माई फियांसे क्यारा'स स्टफ। आई एम् वरीड . . . माई . . . माई फियांसे . . .।' बोलते-बोलते रॉबिन की आवाज़ बहुत बुरी तरह रुंध गई।

'रिलैक्स!' मैंने जल्दी से आगे बढ़कर रॉबिन को संभाला, 'रिलैक्स! डोंट वरी।'

तब तक स्कॉटलैंड यार्ड का ऑफिसर भी सारी परिस्थिति समझ गया था।

'गिव मी फाइव मिनट्स।'

स्कॉटलैंड यार्ड का वह ऑफिसर अन्दर गया। फिर दो मिनट में ही वो वापस आया और उसके बाद वह हम दोनों को अपने साथ अन्दर ले गया।

जल्द ही हम दोनों उस रूम में खड़े थे, जहाँ क्यारा का कार से बरामद सामान रखा गया था।

वह सामान रॉबिन को दिखाया गया।

शक की कोई गुंजायश ही नहीं थी। रॉबिन उस सामान को देखते ही रो पड़ा।

'यह सब मेरी क्यारा का सामान है।' रॉबिन फफक पड़ा, 'क्यारा का ही सामान है।'

मैंने रॉबिन को संभाला।

उसे हग किया।

'इज दिस क्यारा'स . . .?' मैंने आगे के शब्द जान-बूझकर अधूरे छोड़ दिए, 'ए . . . ऐनी इनफार्मेशन?'

'नो।' स्कॉटलैंड यार्ड के ऑफिसर की गर्दन तुरंत इंकार में हिली, 'वी डीड नॉट गेट एनी डेड बॉडी नियर द कार।'

'डैडबॉडी?' मैंने पुनः चौंकने का अभिनय किया।

'यस।' वह अंग्रेजी में ही बोला, 'आफ्टर फ्रॉलिंग फ्रॉम सच हाईट, इट इज रेयर टू सरवाइव। वन टीम इज कॉम्बिंग एक्सीडेंट एरिया टू फाइंड द डेड बॉडी! अदर टीम इज अबाउट टू विज़िट 'होटल थॉम्पसन'! आई थिंक मिस्टर रॉबिन, यू शुड अकोम्पनी अवर टीम टू द होटल। मे बी, फ्रॉम देयर यू विल गेट सम इनफार्मेशन अबाउट युअर फियान्सी।' (इतनी हाइट से गिरने के बाद किसी के भी बचने की गुंजायश बहुत कम है। हमारी एक टीम आसपास के एरिया में डैडबॉडी तलाश करने की कोशिश कर रही है, जबकि दूसरी टीम ''होटल थॉम्पसन'' रवाना होने वाली है। आई थिंक मिस्टर रॉबिन, तुम्हें हमारी टीम के साथ होटल जाना चाहिए, शायद वहाँ से तुम्हें अपनी फियान्सी के बारे में कोई इन्फ़ॉर्मेशन मिले।)

रॉबिन तुरन्त होटल जाने के लिए तैयार हो गया।

मैं पहले ही उसके साथ था।

सब कुछ योजनानुसार चल रहा था।

एकदम परफेक्ट!

फुलप्रूफ अंदाज़ में।

अगर सब कुछ इसी तरह चलता रहा, तो बहुत जल्द मैं और छाया अपने मकसद में कामयाब हो जाने थे।

◆

स्कॉटलैंड यार्ड की टीम के साथ हम दोनों जल्द ही होटल थॉम्पसन पहुँचे।

होटल पहुँचते ही हमें क्यारा के बारे में और भी कई नई और अद्‌भुत जानकारियाँ मिलीं।

सबसे पहले तो उस रूम का ही पता चल गया, जिसमें क्यारा ठहरी हुई थी। वह रूम अभी भी बंद था और होटल स्टाफ आज भी उसके लौटने का वेट कर रहा था।

रूम होटल के रजिस्टर में क्यारा के नाम पर ही दर्ज था।

'माई गॉड!' होटल के रजिस्टर में क्यारा का नाम देखते ही रॉबिन फिर फफक पड़ा।

वह सच में क्यारा से बहुत प्यार करता था।

कई बार तो उसका प्यार देखकर मेरा दिल इतना पसीजा कि मन चाहा, उसे सब कुछ बता दूँ।

मैंने बड़ी मुश्किल से अपनी भावनाओं पर काबू किया।

बड़ी मुश्किल से खुद को वह राज़ उगलने से रोका।

कुल मिलाकर स्कॉटलैण्ड यार्ड की निगरानी में होटल के उस रूम का दरवाज़ा खोला गया, तो अंदर से क्यारा का ही लगेज मिला।

अब शक की कोई गुंजायश ही न बची कि उस कार में क्यारा का ही एक्सीडेण्ट हुआ है।

रॉबिन उस हादसे की वजह से बेहद इमोशनल हो गया।

उसे क्यारा को अपने साथ ले जाने की उम्मीद ख़त्म होती नजर आने लगी।

'नहीं, मेरी क्यारा नहीं मर सकती।' वह बार-बार अब वही बात दोहरा रहा था, 'नहीं मर सकती। वह मुझे छोड़कर नहीं जा सकती।'

वह दो शब्द बोलता था और रो पड़ता था।

वह अपनी भावनाओं को कण्ट्रोल ही नहीं कर पा रहा था।

इसी में मेरी और छाया की जीत थी। आखिर यही तो मैं चाहता था कि रॉबिन, क्यारा को मरा हुआ समझ ले और फिर जल्द-से-जल्द वापस दिल्ली लौट जाए।

इससे क्यारा की कहानी हमेशा-हमेशा के लिए ख़त्म हो जाती।

अगले तीन दिन स्कॉटलैण्ड यार्ड पुलिस क्यारा की डैडबॉडी तलाश करती रही। उन्होंने घटनास्थल के आसपास के क्षेत्र का चप्पा-चप्पा छान मारा। लेकिन उन्हें न लाश मिलनी थी, न मिली।

तीन दिन मैं और रॉबिन भी स्कॉटलैंड यार्ड के साथ रहे। चप्पे-चप्पे पर घूमे।

फिर वह दिन भी आया, जब स्कॉटलैण्ड यार्ड ने यह कहकर वो केस फाइल बंद कर दी कि क्यारा की मौत हो चुकी है और उसकी लाश पानी में बहते हुए ज़रूर कहीं दूर निकल गई है।

'नहीं।' रॉबिन होटल के अपने रूम में बिलख-बिलखकर रो पड़ा, 'मेरी क्यारा मुझे छोड़कर नहीं जा सकती।'

‘होनी को कौन टाल सकता है।’ मैंने रॉबिन को क्यारा की मौत का यकीन दिलाने की कोशिश की, ‘शायद यही उसका भाग्य था। शायद वो इतनी कम उम्र लेकर ही इस पृथ्वी पर आई थी।’

‘लेकिन मेरा दिल नहीं मानता।’ रॉबिन रोते हुए ही बोला, ‘मुझे लगता है, मेरी क्यारा जिंदा है। वो यहीं इसी शहर में है।’

‘यह तुम्हारा प्यार है।’ मैंने कहा, ‘जो तुम क्यारा के बारे में ऐसा सोच रहे हो।’

रॉबिन फिर भी रोता रहा।

लेकिन अंततः वही हुआ, जो होना था। रॉबिन के पास अब इस बात को मानने के अलावा दूसरा कोई रास्ता न था कि क्यारा मर चुकी है।

वह रोजाना हिल्टन ब्रिज की पथरीली सीढ़ियाँ उतरते हुए उस जगह पहुँच जाता था, जहाँ क्यारा की कार का एक्सीडेण्ट हुआ था और घण्टों-घण्टों वहाँ आसपास क्यारा को आवाज़ देता हुआ उसे खोजता था।

‘क्यारा!’ वह पागलों की तरह चिल्लाता था, ‘क्यारा!!’

लेकिन क्यारा वहाँ होती, तो मिलती भी।

उसकी आवाज़ चारों तरफ गूँजकर वापस उसी के पास लौट आती।

‘तुम खामखाह परेशान हो रहे हो।’ मैंने अपनी भावनाओं पर नियंत्रण रखते हुए कहा, ‘इतनी हाईट से गिरने के बाद तुम्हें क्या लगता है, कोई बच सकता है?’

रॉबिन फिर फफक पड़ा।

जब उसके पास किसी सवाल का जवाब देने के लिए नहीं होता था, तो वह रो पड़ता था।

आँसू ही जैसे अब उसकी किस्मत बन गए थे।

फिर वह दिन भी आया, जब उसने भावुक मन से दिल्ली जाने का फैसला किया।

इस बीच उसके ऑफिस से भी बहुत फोन आते रहते थे। उसके ऊपर काम का बड़ा प्रेशर था। डीडीए का कोई बड़ा ऑफिसर उससे बात करना चाहता था। उसकी कुछ पेमेंट भी डिपार्टमेंट में फँसी हुई थी, जिसकी इन्फोर्मेशन उसके ऑफिस का स्टाफ उसे देता था। लेकिन रॉबिन को कुछ परवाह ही नहीं थी। उसका दिल-दिमाग तो सिर्फ पूरी तरह क्यारा पर अटका था। वह क्यारा के अलावा कुछ सोचता ही नहीं था।

बहरहाल जब उसने दिल्ली जाने का फैसला किया, तो मेरा मन प्रसन्न हो उठा।

मैंने खुद जल्दी से उसके टिकिट बुक कराए। अगले दिन के ही टिकिट मिल गए।

शाम छः बजे की उसकी फ्लाइट थी।

सब कुछ फटाफट हो गया।

वही तो मैं चाहता था।

17
टेंशन ख़त्म

अगले दिन मैं खुद रॉबिन को एयरपोर्ट छोड़कर आया।

हालाँकि मुझे एयरपोर्ट पर ज्यादा आना-जाना पसंद नहीं था। वहाँ की गहमागहमी हमेशा मुझे काटती थी। लेकिन उस दिन पहली बार मुझे एयरपोर्ट जाना भी अच्छा लग रहा था।

वहाँ मुझे कोई गहमागहमी न दिखाई दी।

सब कुछ फर्स्ट क्लास लग रहा था।

'टेंशन मत लेना।' मैंने उसे एयरपोर्ट के बाहर ड्रॉप करते हुए कहा, 'अगर मुझे क्यारा के बारे में कैसी भी कोई इनफार्मेशन मिली, तो मैं फ़ौरन तुम्हें बताऊँगा।'

'जानता हूँ, मुझे तुम पर पूरा भरोसा है। तुमने यहाँ मेरा जो साथ दिया है, वह सगे भाई से भी ज्यादा बढ़कर है।'

वह शब्द कहते हुए उसने मुझे फिर हग कर लिया था।

फिर उसकी आँखें भीग गई थीं।

सच तो यह है, वह क्यारा को जरा भी याद करता था, तो इमोशनल हो जाता था।

वह लंदन छोड़कर जा ज़रूर रहा था, लेकिन उसने दिल से अभी भी नहीं माना था कि क्यारा मर गई है।

'ओके बाय!' जब वह एयरपोर्ट के अन्दर जा रहा था, तो एक बार मैंने भी उसे हग किया।

'बाय!'

रॉबिन थके-थके क़दमों और व्याकुल मन से एयरपोर्ट के अन्दर चला गया।

मैं भी उसे तब तक जाते देखता रहा, जब तक वह बिल्कुल मेरी नज़रों से ओझल न हो गया। मैं इस बात की पूरी तसल्ली कर लेना चाहता था कि वह चला गया है।

उसके जाते ही मेरा मन ख़ुशी से प्रफुल्लित हो उठा।

वह मेरी एक बड़ी जीत थी।

रॉबिन सिंह के वहाँ से जाते ही मैं सीधा बंगले पर पहुँचा, जहाँ छाया पहले से ही मेरा इंतजार कर रही थी।

वह मार्किट जाने के लिए पूरी तरह तैयार थी।

जब से रॉबिन ने लंदन में कदम रखा था, तब से वह एक दिन भी बंगले से बाहर नहीं निकली थी।

मेरे बंगले में पहुँचते ही सबसे पहले छाया ने जोर से चिल्लाकर अपनी खुशी का इजहार किया और वह कसकर मुझसे लिपट गई।

'अब कहीं कोई प्रॉब्लम नहीं।' छाया की आवाज़ में खुशी कूट-कूटकर भरी थी, 'टेंशन पूरी तरह ख़त्म हो चुकी है।'

'सचमुच।' छाया पहले से भी ज्यादा खुशी से चिल्लाई, 'मत भूलो-

फोरटींथ फैब में अभी भी दस दिन बाकी हैं। अभी सबसे पहले हम शादी के कार्ड प्रिण्ट कराने जा रहे हैं, चलो!'

मैंने छाया की बात का विरोध न किया। विरोध करने का मतलब भी नहीं था। मैं तो खुद जल्द-से-जल्द छाया से दूसरी शादी करना चाहता था।

यह आत्मा से नहीं एक शरीर से शादी थी।

हम दोनों बंगले से निकलकर तुरन्त लंदन के एक ऐसे मॉल में पहुँचे, जहाँ ग्राफ़िक्स डिज़ाइनर की शॉप थी और वह सब तरह के कार्ड्स भी प्रिंट करता था।

हमने कोई दो घंटे ग्राफ़िक्स डिज़ाइनर के साथ कार्ड का डिज़ाइन फाइनल करने में लगाए।

मुझे आज भी याद है, जब छाया से मेरी पहली बार शादी हुई थी, तब भी मैंने डिज़ाइन फाइनल करने में इतना वक्त नहीं लगाया था।

मुझे लग रहा था, जैसे मैं सचमुच पहली बार अपने और छाया के प्यार को महसूस कर रहा हूँ।

अभी तक मैंने कई कामयाब लव स्टोरिज लिखी थीं। छाया से प्यार भी किया था।

लेकिन छाया के प्यार को खोने के बाद उसे वापस पाकर जैसे मेरी ज़िंदगी में प्यार की एक अलग, अनूठी परिभाषा लिखी जा चुकी थी।

उफ़!

उस समय हम दोनों का प्यार अद्भुत था।

प्यार सचमुच एक पागलपन है।

तौबा! प्यार से ज्यादा नशा किसी शराब में तो क्या शायद पोटेशियम साइनाइट में भी नहीं होगा।

प्यार करना, प्यार को पाना एक जुनून है।

'यह देखो!' फाइनली छाया ने डिज़ाइन पसंद कर ही लिया, 'यह डिज़ाइन हमारे बंगाली ट्रेडिशन के मुताबिक भी है। इसके ऊपर माँ दुर्गा की कितनी सुंदर फोटो लगी है और गणपति भी विराजमान हैं। कार्ड पर हम गोल्ड लीफ में लिखवाएँगे, परिमल वेड्स छाया!'

'छाया नहीं।' मैंने तुरन्त उसमें संशोधन किया, 'क्यारा। परिमल वेड्स क्यारा!'

छाया एक पल के लिए सकपकाई, लेकिन फिर उसके होंठों पर बड़ी प्यारी नटखट-सी मुस्काराहट बिखर गई।

शादी का कार्ड फाइनल हो चुका था।

हमने फोन्ट की स्टाइल और उनके कलर कॉम्बीनेशन में भी कुछ वक्त गुजारा तथा फिर आर्डर देकर शॉप से बाहर निकल आए।

अगले दिन शाम तक शादी का कार्ड प्रिण्ट होकर हमारे हाथ में आ जाना था।

व्हाट्सअप पर भी शादी का इन्वीटेशन भेजने के लिए उसने एक डिज़ाइन हमें देना था।

◆

हम अब वापस मॉल में थे और बेहद खुश थे।

'अब बस गेस्ट्स की एक लिस्ट बनानी है।' छाया बड़ी गरमजोशी के साथ ही बोली।

'टेंशन न लो।' मैंने कहा, 'नामों की एक लिस्ट मेरे माइण्ड में है, उसे बस फाइनल टच देना है। वैसे भी इस लंदन शहर में कोई हमारे बहुत ज्यादा परिचित तो हैं नहीं।'

'यह बात भी ठीक है।' छाया ने भी मेरी बात के प्रति सहमति दर्शाई, 'क्या हम कोलकाता में भी अपने रिलेटिव्स को अपनी शादी की इन्फार्मेशन देंगे?'

'नहीं।' मैंने तुरंत मना किया, 'हमने अपनी इस शादी की बहुत ज्यादा पब्लिसिटी नहीं करनी है।'

'सही कह रहे हो तुम प्रेम!' छाया ने एक बार फिर मेरी बातों के प्रति सहमति दर्शाई।

कुल मिलाकर रॉबिन के दिल्ली की तरफ कूच करते ही हम शादी की ज़बरदस्त तैय्यारियों में मशगूल हो गए थे।

हम दोनों उसी उत्साह से भरे हुए मॉल के एस्केलेटर के पास पहुँचे।

'अरे!' एकाएक मैं चौंककर बोला, 'मेरा आईफोन (सेलफोन) तो शॉप पर ही रह गया।'

'क्या?' छाया भी चौंकी।

'तुम यहीं रूको, मैं अभी फोन लेकर आया।'

मैं छाया को वहीं एस्केलेटर के पास छोड़कर फोन लेने शॉप में चला गया।

आईफोन वहीं मुझे काउण्टर पर रखा मिला।

फोन मिलते ही मैं तेजी से एस्केलेटर की तरफ लपका।

इससे पहले कि मैं छाया के नजदीक पहुँच पाता, मुझे ज़बरदस्त झटका लगा।

मैंने उसी मॉल में रॉबिन को खड़े देखा। उसी रॉबिन को, जिसे मैं लंदन के हीथ्रो एयरपोर्ट तक खुद ड्रॉप करके आया था।

हे भगवान!

मुझे एकाएक अपनी आँखों पर भरोसा न हुआ, वो सचमुच रॉबिन था।

वो रॉबिन ही था।

रॉबिन न सिर्फ वहाँ था, बल्कि उसकी निगाह क्यारा (छाया) पर भी पड़ चुकी थी और हैरत की बात यह थी कि छाया ने भी रॉबिन को देख लिया था।

यानि एक ही झटके में सारे कार्ड खुल गए थे।

अभी तक हम केट एण्ड माउस (चूहा-बिल्ली) का जो खेल, खेल रहे थे। उसका अंत हो चुका था।

'क्यारा!' रॉबिन, क्यारा (छाया) को देखते ही चिल्लाया, 'क्यारा!'

रॉबिन, छाया की तरफ लपका भी।

छाया ने आव देखा न ताव और वह जल्दी से एस्केलेटर की सीढ़ियाँ उतर गई तथा मॉल से बाहर की तरफ दौड़ी।

रॉबिन भी उसके पीछे-पीछे एस्केलेटर से नीचे भागा।

मैं भी रॉबिन के पीछे झपटा।

इससे पहले कि रॉबिन, छाया तक पहुँचने में कामयाब हो पाता, मैंने खुद आगे बढ़कर उसे पकड़ लिया।

'अरे रॉबिन तुम!' मैंने ज़बरदस्त हैरानी का परिचय दिया, 'तुम यहाँ? तुम्हें तो इस वक्त दिल्ली जाने वाली फ्लाइट में होना चाहिए था?'

रॉबिन ने मुझे जोर से धक्का दिया और बिना कुछ बोले उसी तरफ भागा, जिधर छाया गई थी।

लेकिन इन चंद सैकिण्ड में ही छाया गायब हो गई थी।

मैं फिर भागकर रॉबिन के पास पहुँचा।

'रॉबिन! रॉबिन!!' मैं चिल्लाया।

रॉबिन अब सड़क पर पागलों की तरह खड़ा हुआ इधर-उधर छाया को देख रहा था।

'क्या हुआ?' मैं रॉबिन के पास पहुँचकर बोला।

'ब्रदर!' रॉबिन पूरे जोश में बोला, 'ईश्वर मेरे साथ है। जानते हो, दिल्ली का वेदर (मौसम) खराब होने की वजह से मेरी फ्लाइट कल सुबह तक के लिए कैंसिल हो गई। इसलिए मैं इस मॉल में कुछ सामान लेने आया था। मेरा होटल इसके बिल्कुल बराबर में ही है और अभी-अभी मैंने खुद अपनी आँखों से क्यारा को देखा। क्यारा जिंदा है मिस्टर परिमल!'

बड़े जोश में वह शब्द कहने के बाद रॉबिन फिर बाहर की तरफ लपका और उसने इधर-उधर देखा। लेकिन क्यारा (छाया) उसे कहीं न दिखाई पड़ी।

उन चंद सैकेंड में ही वो गायब हो गई थी।

मैं फिर रॉबिन के पीछे-पीछे उसके पास पहुँचा।

मुझे डर था कि कहीं वह सचमुच छाया को खोज न निकाले।

'देखो!' मैं रॉबिन से बोला, 'यह तुम्हारा वहम होगा। क्यारा जिंदा हो ही नहीं सकती।'

'नहीं।' रॉबिन के शब्दों में यकीन कूट-कूटकर भरा था, 'क्यारा जिंदा है। मैंने खुद अपनी आँखों से उसे देखा है। यह आँखें अपनी क्यारा को पहचानने में कभी धोखा नहीं खाएँगी।'

रॉबिन के आत्मविश्वास के सामने खुद मेरा आत्मविश्वास डगमगाने लगा था।

अभी तक मैं और छाया मिलकर चालें चल रहे थे। हमने अपने प्यार को हासिल करने के लिए सृष्टि के सारे नियम-कानून तोड़ डाले थे। एक तरह से हमने मृत्यु पर विजय पा ली थी। शरीर दोबारा हासिल कर लिया था।

लेकिन अब भगवान ने एक ऐसी चाल चली थी कि एक ही झटके में हम चारों खाने चित्त जा गिरे।

'लेकिन अगर क्यारा इस शहर में है मेरे भाई, तो उसने तुमसे कॉण्टेक्ट करने की कोशिश क्यों नहीं की?' मैंने उसे फिर गुमराह करने का प्रयास किया, 'अगर क्यारा जिंदा होती, तो वह तुमसे मिलने की कोशिश तो करती, या नहीं करती?'

'यह तो है।' रॉबिन बोला, 'यह बात मेरी समझ से भी बाहर है।'

'और क्या इस मॉल में क्यारा ने भी तुम्हें देखा था?' मैंने अपना राइटर वाला दिमाग दौड़ाया।

'हाँ, उसने भी मुझे देखा था।'

'तो फिर उसका क्या रिएक्शन था?'

'क . . . कुछ नहीं।' रॉबिन अब थोड़ा सकपकाकर बोला, 'उसने मुझे देखकर भी अनदेखा किया और एस्केलेटर से उतरकर भाग खड़ी हुई।'

'तब तो मैं शर्त लगाकर कह सकता हूँ।' मैंने पूरे जोश में कहा, 'कि वह तुम्हारी क्यारा नहीं हो सकती। किसी हालत में नहीं हो सकती। अगर वह तुम्हारी क्यारा होती, तो तुम्हें देखकर तो वह पागलों की तरह तुमसे आकर चिपट जाती। वह खुशी से चीख पड़ती। मैं कुछ गलत कह रहा हूँ?'

'नहीं, बात तो तुम्हारी ठीक है।'

'बस तो साबित हो गया कि वह तुम्हारी क्यारा नहीं थी।'

'न . . . नहीं।' रॉबिन पूरे यकीन से बोला, 'थी तो वह क्यारा ही मिस्टर परिमल! हण्ड्रेड परसेंट क्यारा ही थी।'

'तो फिर वह तुम्हारे पास आई क्यों नहीं?'

रॉबिन को अब मेरे उस सवाल का कोई जवाब नहीं सूझा।

वह कंफ्यूज नज़र आने लगा।

'जवाब दो मेरे भाई?'

'द . . . देखो मुझे कुछ समझ नहीं आ रहा है मिस्टर परिमल!' रॉबिन कन्फ्यूजन में ही बोला, 'लेकिन गुत्थी सुलझने के साथ-साथ उलझ भी गई है। हाँ, एक ही बहुत बड़ी संतोषजनक बात है कि मुझे अब मालूम है, क्यारा जिंदा है और इसी शहर में है। अब बस एक बार क्यारा तक पहुँचना बाकी है, उसके बाद सारे सवालों के जवाब अपने आप मिल जाएँगे।'

'लेकिन कल सुबह की तो तुम्हारी फ्लाइट है?'

'मिस्टर परिमल, अब मैं सचमुच इस शहर से अकेला नहीं जाने वाला। जाएगी तो मेरी क्यारा भी अब मेरे साथ जाएगी। इस एक टिकिट को पूछता कौन है।'

वह शब्द कहते हुए उसने पूरा आत्मविश्वास के साथ अपना फ्लाइट का टिकिट निकाला और मेरे सामने ही उसे फाड़ डाला।

टिकिट फाड़ना उसका अपने इरादे के प्रति कॉन्फिडेन्स जाहिर कर रहा था।

फिर मेरी रॉबिन से कोई बात करने की हिम्मत न हुई।

रॉबिन भी क्यारा को ढूँढने की नीयत से जल्दी दौड़ता हुआ वहाँ से चला गया।

18
तबाही की शुरूआत

उस घटना ने छाया को बुरी तरह से तोड़ डाला था।

जब मैं बंगले पर पहुँचा, तो उस समय छाया अपने बेटे अंश को अपनी छातियों से चिपटाए बुरी तरह से रो रही थी।

बच्चों की तरह रो रही थी।

उसने अंश को यूँ अपनी छाती से चिपटाया हुआ था, जैसे दुनिया की सबसे कीमती चीज़ को उसे अपने से अलग होने का खतरा हो।

'प . . . प्रेम!' मुझे देखते ही वह मेरी तरफ दौड़ी और उसने मुझे भी अपनी बाँहों में समेट लिया।

उफ़्!

उसका पूरा जिस्म ठण्डा था।

और उसके स्पर्श में उसका समर्पण घुला था। कोई औरत ही किसी को इतना टूटकर चाह सकती है।

प्यार, यह शब्द ही जैसे औरत के लिए बना है। वही सही अर्थों में इस शब्द को महसूस करती है।

'प्रेम, मैं तुम्हें छोड़कर कहीं नहीं जाऊँगी।' वह मुझसे चिपटी हुई बिलख-

बिलखकर रोने लगी, 'इस दुनिया से भी नहीं। मौत भी हमें एक-दूसरे से अलग नहीं कर सकती। लेकिन . . . लेकिन रॉबिन, क्यारा का शरीर मुझसे छीन लेगा।'

'नहीं छीन सकता वह तुमसे क्यारा का शरीर।' मैंने पहली बार पूरी दृढ़ता के साथ कहा।

'क्यों?' छाया ने भी बेहद हैरानी से मेरी तरफ देखा, 'क्यों नहीं छीन सकता वह?'

'क्योंकि मर चुकी है क्यारा!' मैं चीखकर बोला, 'अब बस उसके इस शरीर को जलाना बाकी है। मत भूलो छाया, अगर तुम्हारी आत्मा क्यारा के इस शरीर में नहीं आई होती, तो अब तक उसके शरीर का अंतिम संस्कार भी हो गया होता। राख बन गया होता यह शरीर! जब तक तुम्हारी आत्मा इस शरीर में है, तब तक क्यारा का यह शरीर भी जिंदा है। एक बार तुम्हारी आत्मा इसके अंदर से बाहर निकली, तो यह शरीर भी मिट्टी हो जाएगा, क्योंकि खुद क्यारा की आत्मा तो परलोक पहुँच चुकी है।'

'नहीं पहुँची है क्यारा की आत्मा परलोक!' एकाएक छाया ने ज़बरदस्त रहस्योद्घाटन कर दिया।

अब मैं भी चौंका।

वह बात हैरान कर देने वाली थी।

'क्या कहा तुमने?' मैं चौंककर ही बोला, 'क्यारा की आत्मा परलोक नहीं पहुँची है?'

'हाँ।'

'मगर यह कैसे संभव है?'

'क . . . क्योंकि . . . क्योंकि क्यारा मरी ही नहीं है।'

छाया ने एक और रहस्योद्घाटन किया।

उफ्!

वह तो सचमुच किसी बड़े धमाके जैसा था।

'क्यारा नहीं मरी है? लेकिन फिर जो कुछ मैंने अपनी आँखों से देखा, वह क्या था?'

'वो वहम था तुम्हारा प्रेम!' छाया बेहद टूटकर बोलती चली गई, 'क्यारा का वह एक्सीडेण्ट ज़बरदस्ती मैंने कराया था।'

'क . . . क्यों?'

'ताकि उसका शरीर हासिल कर सकूँ। ताकि तुम्हारे और अपने बच्चे के पास लौट सकूँ। जब क्यारा यहाँ आई थी, तो मैंने उसे जानबूझकर डराया था। उसे अपने पास बुलाने के पीछे मेरा मकसद ही यह था कि वह डर जाए। और वही हुआ भी। वह पागलों की तरह कार ड्राइव करते हुए यहाँ से भागी। इतना ही नहीं, मैंने कार में भी उसे डराया। कार में तो सबसे ज्यादा डराया, क्योंकि कार में मैंने उसे साक्षात् दर्शन दे दिए थे। अब एक भूत को देखकर कौन न डर जाएगा। सच तो यह है प्रेम, तुम्हारे पास लौटने की चाहत में मैंने क्यारा की आत्मा को भी कब्जे में करके रखा। अगर मैंने क्यारा का यह शरीर छोड़ा, तो फौरन क्यारा की आत्मा अपने शरीर में आ जाएगी। क्यारा की आत्मा तो जैसे इंतजार कर रही है उस पल का, जब मैं उसका यह शरीर छोड़कर जाऊँ। क्यारा उसी पल जिंदा हो जाएगी।'

'ओह!'

छाया की बात सुनकर मैं सन्न् रह गया।

स्तब्ध!

'सच तो ये है।' छाया बहुत ज्यादा भावुक होकर बोली, 'कि मरी तो मैं हूँ

प्रेम! मेरा शरीर भी जल चुका है और विधि के विधान के अनुसार मेरी आयु भी पूरी हो चुकी है, जबकि क्यारा जिंदा है। उसका शरीर भी जिंदा है और अभी उसकी आयु भी पूरी नहीं हुई है।'

'तब तो तुमने यह जो कुछ किया, वह अपराध है छाया!'

'मैं जानती हूँ कि यह अपराध है।' छाया और ज्यादा कसकर मुझसे चिपट गई, 'लेकिन मैंने जो कुछ किया, तुम्हें दोबारा हासिल करने के लिए किया। अपने प्यार को और अपने बच्चे को वापस पाने के लिए किया प्रेम!'

छाया मुझसे चिपटी हुई हिड़कियों से रोती चली गई।

जबकि मैं उसे देखता रह गया था।

वो कातिल थी।

उसने अपने प्यार को पाने के लिए एक मर्डर किया था।

लेकिन फिर भी मुझे वह कसूरवार नहीं लग रही थी।

उसके चेहरे पर बच्चे जैसी मासूमियत थी। आँखों में प्यार था। और उसके जिस्म के जर्रे-जर्रे में इस बात को लेकर बेचैनी भरी थी कि कहीं वो मुझसे अलग न हो जाए।

कहानी की गुत्थी सुलझने की बजाय अब और ज्यादा उलझ चुकी थी।

सचमुच वह अद्‌भुत प्रेम कहानी थी, उसमें ऐसे-ऐसे ट्विस्ट-टर्न थे, जिनकी कोई कल्पना भी न कर सके।

◆

उधर रॉबिन भी खामोश नहीं बैठा था।

क्यारा को अपनी आँखों से देखने के बाद तो उसके अंदर अजीब-सी

स्फूर्ति आ गई थी। उसका आत्मविश्वास लौट आया था।

क्यारा का फोटो अभी भी उसके पास था।

फिर रॉबिन फोटो लेकर एक-एक शॉप पर घूमने लगा।

'क्या आपने इस लड़की को कहीं देखा है?'

रॉबिन को मॉल में जो भी मिल रहा था, वह उसी से वह सवाल पूछ रहा था।

कुछ उसे देखकर मुस्कराते। कुछ उसकी तरफ हमदर्दी में देखते। और कुछ ना में गर्दन हिलाकर चुपचाप आगे बढ़ जाते।

लेकिन रॉबिन हिम्मत नहीं हारा।

वह एक-एक शॉप और एक-एक आदमी से सवाल करता हुआ आगे बढ़ रहा था।

और।

अन्ततः वह ग्राफ़िक्स डिज़ाइनर की शॉप पर पहुँच ही गया।

'हाँ।' ग्राफ़िक डिज़ाइनर, क्यारा का फोटो देखते ही तुरंत उत्साह के बोला, 'यह लड़की आज ही तो मेरी शॉप पर आई थी। उसका फियान्सी भी उसके साथ था।'

'फियान्सी?'

रॉबिन स्तब्ध रह गया।

'यस! शादी के कार्ड प्रिण्ट कराने आए थे दोनों! इसी फोरटीन्थ फैब को उन दोनों की शादी है।'

चौंक गया रॉबिन!

बुरी तरह चौंक गया।

जैसे किसी ने ज़मीन का सिरा पकड़कर उसके पैरों के नीचे से खींच दिया हो।

'क्या आप इस लड़की के फियान्सी का नाम मुझे बता सकते हैं?' रॉबिन ने बेहद बैचेनी के साथ पूछा।

'क्यों नहीं। शादी के कार्ड पर पूरी डिटेल है। नाम तो क्या उसके घर का एड्रेस भी लिखा है।'

वह शब्द कहते हुए ग्राफ़िक डिज़ाइनर ने एक फाइल के अंदर से हाथ से लिखा हुआ वो काग़ज़ निकाला, जिस पर पूरी डिटेल मौजूद थी।

अगले ही पल क्यारा के फियान्सी का नाम रॉबिन के सामने था।

परिमल घोष!

उस नाम को पढ़कर वह और भी ज्यादा बुरी तरह चौंका।

जैसे परमाणु बम फटा उसके आसपास।

जैसे पूरी दुनिया तबाह हो गई उसकी।

इतना बड़ा धोखा?

इतना बड़ा छल?

उफ़!

सोचकर ही रॉबिन को चक्कर आने लगे।

19
खेल ख़त्म

मैं तब तक पूरी तरह समझ चुका था, हमारा खेल ख़त्म हो गया है।

'देखो छाया!' मैंने छाया को समझाने की कोशिश की, 'मैं जानता हूँ कि तुम मुझसे बेहद प्यार करती हो। अंश से प्यार करती हो। इसीलिए तुम मरने के बाद भी हम दोनों के पास लौट आई। लेकिन कभी तुमने रॉबिन की तरफ देखा है, वह भी तो उतना ही प्यार करता है क्यारा से! क्यारा से मिलने के लिए कितना बेचैन हैं वो! और क्यारा भी तो उससे उतना ही प्यार करती होगी छाया! दोनों ने शादी के कैसे सुंदर सपने सजाए होंगे? और तुम्हारी बदौलत, सिर्फ तुम्हारी बदौलत आज उनका हर सपना टूट गया। वह दोनों आज एक-दूसरे से अलग हैं।'

'तुम कहना क्या चाहते हो प्रेम?'

'यही कहना चाहता हूँ छाया, तुम क्यारा का शरीर छोड़ दो।'

छाया ने अब बुरी तरह चौंककर मेरी तरफ देखा।

हैरानी से देखा।

जैसे उसे अपने कानों पर यकीन न हुआ हो।

'हाँ छाया, मैं सच कह रहा हूँ।' मैंने धैर्यपूर्वक कहा, 'हालाँकि तुमसे जुदा होने का दुःख मुझे भी उतना ही होगा, जितना तुम्हें है। लेकिन हमारा प्यार

इतना सेल्फिश तो कभी भी नहीं था। क्या जब . . . जब हम रॉबिन को देखेंगे, अपने आपको माफ कर पाएँगे? खुश रह पाएँगे हम दोनों?'

छाया अभी भी हैरानी से मेरी तरफ देखे जा रही थी।

और छाया से भी ज्यादा हैरान वह बातें सुनकर रॉबिन रह गया, जो उस समय चुपचाप बंगले में घुस आया था।

'हाँ, छोड़ दो तुम क्यारा का यह शरीर!' मैंने छाया का हाथ बड़े प्यार से अपने हाथ में ले लिया, 'जाने दो क्यारा को उसके प्यार के पास! उसके रॉबिन के पास! जीने दो उन्हें अपनी प्यार भरी ज़िंदगी! वैसे भी तुम अपनी आयु पूरी भोग चुकी हो।'

'प . . . प्रेम!' छाया के मुँह से सिसकारी छूटी, 'य . . . यह सब तुम कह रहे हो?'

'हाँ, न चाहते हुए भी कह रहा हूँ। क्योंकि इसके अलावा दूसरा कोई रास्ता नहीं है। सच तो यह है कि तुम्हें दोबारा पाने की चाहत में, मैं भी भटक गया था। लेकिन रॉबिन ने आकर मेरी आँखें खोल दीं। जो हम कर रहे थे, वो पाप है छाया!'

बोलते-बोलते मैं रुक गया।

मैं भी अब थोड़ा इमोशनल हो गया था। मेरी आँखें भी भीग गई थीं।

रॉबिन छिपकर हम दोनों की वह सब बातें सुन रहा था।

हालाँकि उस समय वह बेहद गुस्से में वहाँ आया था। वह झगड़ा करना चाहता था। लेकिन उसके वहाँ आने के बाद कहानी के पन्ने कुछ अलग तरह से ही खुलने लगे थे।

'नहीं।' छाया मेरी बात सुनकर चीख उठी, 'मुझे तुमसे यह उम्मीद नहीं थी प्रेम! तुम मुझे जाने के लिए कहोगे? मेरे बच्चे से और खुद से मुझे अलग होने

के लिए कहोगे? नहीं प्रेम!' छाया और ज्यादा पागलों की तरह चिल्लाई, 'मुझे अब इस दुनिया से कोई वापस नहीं भेज सकता।'

छाया अब सच में पागल हो चुकी थी।

एकाएक वो सामान उठा-उठाकर फैंकने लगी।

जिस छाया की आत्मा के साथ रहते हुए मुझे कभी डर नहीं लगा था, अब उसी छाया से मुझे डर लगने लगा।

मुझे पहली बार समझ आया, वह ''भूत'' है।

वह ''आत्मा'' ही है।

रॉबिन भी छाया का वह रोद्र रूप देखकर डर गया।

तभी छाया की नज़र रॉबिन पर भी पड़ गई। छाया ने फ़ौरन उसे पकड़ लिया और उसे किसी तिनके की तरह उठाकर दूर फैंका।

रॉबिन को वहाँ देखकर मैं भी चौंक गया था।

'नहीं।' रॉबिन चीख उठा, 'नहीं।'

'नहीं छोडूँगी मैं तुम्हें।' छाया हिस्टीरियाई अंदाज़ में ही चिल्ला रही थी, 'तुम्हारे आने से ही यह सारा संकट शुरू हुआ है। अब तुम्हारी मौत के साथ ही ख़त्म होगा। मार डालूँगी मैं तुम्हें। मेरे और मेरी फैमिली के बीच में जो आएगा, मैं उसे नहीं छोडूँगी। भगवान भी मुझे मेरी फैमिली से अलग नहीं कर सकता।'

रॉबिन को वह उठा-उठाकर बुरी तरह मारने लगी।

मैं डर गया।

मैं समझ गया था कि वह आज रॉबिन को छोड़ने वाली नहीं है।

एकाएक मैंने अंश को उठाया और उसे लेकर रॉबिन के सामने खड़ा हो गया।

'तुम्हें अपने बेटे की कसम छाया, छोड़ दो इसे। प्लीज़ छोड़ दो।'

रॉबिन को मारते-मारते रुक गए उसके हाथ।

आखिर उसके अन्दर एक अच्छी आत्मा थी।

माँ थी वो।

माँ, जो कभी गलत नहीं होती।

माँ गलत हो भी नहीं सकती।

वह शब्द ही ऐसा है।

'छाया!' मैंने विनती की उससे, 'अब जीने दो इन्हें अपनी ज़िन्दगी। छोड़ दो इसे।'

छाया की आँखों में आँसू आ गए।

उफ़!

रो रही थी वो।

जबकि अब मैंने आगे बढ़कर छाया को हग किया तथा बेहद इमोशनल वे में उसकी तरफ देखते हुए बोला, 'वैसे भी मरते समय तुम्हारी जो इच्छाएँ अधूरी थीं, वह पूरी हो चुकी हैं। तुम अंश के साथ जैसी ज़िंदगी गुजारना चाहती थीं, जिस ममता का अहसास करना चाहती थीं, वो कर चुकी हो। मेरे साथ भी जिस तरह रहना चाहती थीं, वह भी रहीं। यूँ तो इच्छाओं का कोई अंत नहीं है छाया, इच्छाएँ कभी पूरी नहीं होतीं, लेकिन अब समय आ गया है कि तुम लौट जाओ और रॉबिन तथा क्यारा को अपनी प्यार भरी ज़िंदगी जीने दो। हमारी शादी हो चुकी है, इस फोरटींथ फैब को अब उन दोनों की शादी होनी बाकी है।'

छाया कुछ न बोली।

उसकी आँखों से बस आँसू बहे जा रहे थे।

तभी रॉबिन भी अब हमारे सामने आकर खड़ा हो गया।

उसकी आँखों में भी आँसू थे।

उसके कपड़े कई जगह से फटे हुए थे।

खून बह रहा था।

'मिस्टर परिमल!' रॉबिन मेरे नजदीक आकर बोला, 'सच तो यह है, छाया की इसमें कोई गलती नहीं, प्यार होता ही ऐसा है। हम जिससे प्यार करते हैं, उसे कभी छोड़ना नहीं चाहते। मरकर भी नहीं। यही तो सच्चा प्यार है।'

छाया की आँखों में और आँसू उमड़ आए।

फिर वह समय भी आया, जब छाया ने विदा ली। वह जाने के लिए बड़ी मुश्किल से तैयार हुई, लेकिन हो गई।

उफ!

जब उसने वह शरीर छोड़ा, वह बेहद भावनाओं से भरे पल थे।

उसने अपने बेटे अंश को आखिरी बार यूँ अपनी बाँहों में लिया था, जैसे दुनिया की सबसे बेशकीमती चीज़ को स्पर्श कर रही हो।

वह ममता का स्पर्श था।

एक माँ ही अपने बच्चे को यूँ महसूस कर सकती है।

फिर छाया ने अंश को आखिरी बार अपनी छाती से चिपटाया। उसकी आँखों से आँसुओं की अ़विरल धारा बहे जा रही थी।

इस दुनिया को छोड़कर जाना एक सच्चाई है। लेकिन जब आपको मालूम हो कि अब आपने जाना है, तो सचमुच बड़ा कठिन हो जाता है। लोग कहते हैं, मरने के बाद स्वर्ग मिलेगा। लेकिन इस पृथ्वी से अच्छा स्वर्ग कहीं नहीं।

फिर वह पल भी आया, जब छाया ने मुझसे विदाई ली।

उसने आखिरी बार हाँ, आखिरी बार मुझे हग किया।

उसका शरीर तप रहा था।

उसकी आँखों से आँसू रुकने का नाम नहीं ले रहे थे और वह मुझे यूँ देख रही थी, जैसे सचमुच फिर कभी उसे यह चेहरा देखने को नहीं मिलेगा।

मैं रो पड़ा।

फूट-फूटकर रो पड़ा।

मैंने छाया को यूँ कसकर अपनी बाँहों में समेटा, जैसे अब उसे कभी अपने से अलग नहीं होने दूंगा।

'हे भगवान!' मैं छाया को बाँहों में भरे-भरे चीख उठा, 'क्यों तुमने मृत्यु बनाई? अगर मृत्यु ही बनानी थी, तो इंसान को जन्म क्यों दिया? उसे एक-दूसरे से इतना प्यार करना क्यों सिखाया?'

मैं हिड़कियों से रो पड़ा।

लेकिन मुझे बाँहों में समेटने के बाद छाया शांत हो गई थी। जैसे अपने प्यार को बाँहों में समेटकर उसे शक्ति मिल गई हो।

फिर वह आउट हाउस में चली गई।

लव बर्ड अभी भी वहीं रखा था।

उसके पीछे-पीछे मैं और रॉबिन भी आउट हाउस में गए।

वहाँ पहुँचकर छाया ने सिर्फ एक मोमबत्ती जलाई थी और फिर आँख बंद करके उसके सामने बैठ गई।

कुछ देर तक वह कोई मंत्र पढ़ती रही।

छाया क्या पढ़ रही थी, मेरी कुछ समझ नहीं आ रहा था।

फिर वह मंत्र जोर-जोर से पढ़ने लगी।

उसका शरीर हिलने लगा।

उसके बाद एकाएक वह शरीर निष्प्राण होकर धम्म् से नीचे फर्श पर गिरा और कोई हवा केण्डिल को बुझाती हुई तुरंत खिड़की से बाहर चली गई।

उसी क्षण वहाँ रखा लव बर्ड नीचे गिरा और गिरते ही टूट गया।

फिर उस लवबर्ड के अंदर से कोई "हवा" निकलकर तेजी से क्यारा के शरीर की तरफ झपटी।

मुझे तब समझ आया, छाया ने क्यारा की आत्मा उसी लवबर्ड में कैद करके रखी थी, जिसे शादी की पहली रात मैंने छाया को गिफ्ट दिया था।

थोड़ी देर बाद ही क्यारा की आत्मा उसके अपने ही शरीर में वापस आ गई थी।

जिंदा हो गई क्यारा!

हाँ, अब वह क्यारा थी।

क्यारा जिंदा होते ही रॉबिन की तरफ दौड़ी और उससे लिपट गई।

मेरी आँखों में अभी भी आँसू थे।

लवबर्ड अभी भी टूटा हुआ वहाँ पड़ा था।

सचमुच इंसानी ज़िंदगी लव बर्ड की तरह नहीं होती। हम जिनसे प्यार करते हैं, वो हमें छोड़कर चले जाते हैं। लेकिन हमें तो फिर भी जीना पड़ता है, मजबूरी में। अपनी जिम्मेदारियों को निभाते हुए।

यही इंसानी ज़िंदगी है।

यही सच्चाई है।

◆

फिर कहानी में कुछ और नए मोड़ भी आए।

जैसे क्यारा को इस संबंध में कुछ मालूम ही नहीं था कि बीच के अंतराल में क्या हुआ। रॉबिन से ही उसे पूरी कहानी पता चली।

उस कहानी को सुनकर वह चौंकी भी और छाया के दुनिया छोड़कर जाने का दुःख भी हुआ उसे।

हाँ, अंश को ज़रूर उसकी माँ मिल गई।

दरअसल अंश, क्यारा को ही अपनी माँ समझने लगा था। क्यारा उसे स्पर्श करती, तो वह चुप हो जाता। वह उसे मुस्कराकर देखती, तो वह भी खिल-खिलाकर हँस पड़ता।

क्यारा का प्यार भी अंश के लिए उमड़ पड़ा।

'जब तक अंश बड़ा नहीं हो जाता।' क्यारा ने मुझसे पूछा, 'क्या मैं एक माँ की तरह उसकी परवरिश कर सकती हूँ?'

मेरे मना करने का प्रश्न ही नहीं था।

वह सचमुच माँ-बेटे को अलग करने जैसा होता।

रॉबिन और क्यारा, अंश को लेकर दिल्ली चले गए।

20
उपसंहार

आज फोरटीन्थ फैब है।

वेलेन्टाइन डे।

मेरे सामने ही रॉबिन और क्यारा की शादी का कार्ड पड़ा है। आज दिल्ली में उन दोनों की शादी है। मुझे भी इन्वाइट किया गया है, लेकिन मैं नहीं जा रहा हूँ।

पूरे बंगले में इस समय सन्नाटा है। वहाँ मेरे अलावा कोई नहीं है। आज लगता है, मेरा कोलकाता छोड़कर लंदन आने का फैसला गलत था। अगर मैंने छाया की बात मानी होती, तो शायद आज सब कुछ ठीक होता।

मैंने रॉबिन और क्यारा के नाम एक अंतिम पत्र लिखा –

डियर रॉबिन, क्यारा!

सॉरी, मैं तुम्हारी शादी में शामिल होने के लिए दिल्ली नहीं आ पा रहा हूँ। क्योंकि आज वेलेंटाइन डे है और मुझे कहीं और जाना है। कहीं कोई है, जो आज भी मेरा इंतजार कर रहा है। दूसरी दुनिया में! छाया मेरे लिए बाँहें फैलाए खड़ी है। छाया मुझसे कितना प्यार करती है, इसका सबूत उसने दिया। वह मेरे लिए मरने के बाद भी दूसरी दुनिया से वापस इस दुनिया में आ गई। अब मेरी बारी है यह साबित करने की, कि मैं छाया से कितना प्यार करता था। जब वह

मरने के बाद मेरे लिए दूसरी दुनिया से वापस इस दुनिया में आ सकती थी, तो क्या अब मैं छाया के लिए इस दुनिया से दूसरी दुनिया में नहीं जा सकता। मेरे बाद अंश का ख्याल रखना।

—परिमल घोष

वह लैटर मैंने एक सफेद लिफाफे में बंद किया और उसके ऊपर ''रॉबिन-क्यारा'' लिखा।

टेबिल पर ही मेरी कॉफी तैयार रखी थी।

मौत की कॉफी!

जिसमें मैंने पॉइज़न मिला दिया था।

एक आसान मौत! सुकून की मौत!!

मुझे आज छाया के कहे शब्द याद आ रहे हैं – ज़िंदगी के किसी भी मोड़ पर अगर कोई फैसला करना हो, तो हमेशा अपने दिल की सुनो! क्योंकि दिल भले ही लेफ्ट में हो, मगर उसका फैसला ऑलवेज राइट होता है।

मैंने हर प्यार करने वाले की तरह आज फिर अपने दिल की आवाज़ सुनी है। इसीलिए मेरे जैसा बुद्धिजीवी व्यक्ति भी मौत को चुन सका है।

यह मेरा अंतिम उपन्यास है, जो मैंने अपने पाठकों के लिए लिखा है।

लौट आई छाया!

इस उपन्यास का इससे बेहतर नाम कुछ और हो भी नहीं सकता था।

मेरे अपने सच्चे प्यार की एक सच्ची कहानी!

शायद आपको यह अच्छी लगे।

मैंने अब कॉफी का मग उठा लिया और सामने की तरफ देखा।

सामने अब मुझे अपनी छाया खड़ी नजर आ रही थी।

छाया की आत्मा!

जो सचमुच मेरी तरफ अपनी दोनों बाँहें फैलाए खड़ी थी और मुस्करा रही थी। जैसे मुझे अपनी दुनिया में आने का निमंत्रण दे रही हो।

फोरटींथ फैब!

वेलेंटाइन डे!

प्यार करने वालों का वह दिन सचमुच हम दोनों के लिए ही बहुत लकी था। हम जीते जी न मिल सके, लेकिन मरने के बाद मिलने से तो अब हमें कोई नहीं रोक सकता था।

वैसे भी छाया ने सच कहा था – मौत, ज़िंदगी से ज्यादा लम्बी होती है। फिर उससे क्या डरना?

मैंने कॉफी का पूरा मग उठाकर एक ही घूँट में खाली किया और अपने उपन्यास की पाण्डुलिपि पर आखिरी शब्द लिखे – हैप्पी एण्ड!

कहानियाँ

द लास्ट डे

सुना है, जब घर में किसी अपने की मौत होने वाली होती है, तो अजीब-सा लगने लगता है। एक शून्य-सा उभरता है। कहीं मन ही नहीं लगता। भीड़ में होते हुए भी अकेलेपन का अहसास सताता है। जैसे कोई नहीं है हमारे आसपास।

कुछ इस तरह की ही फीलिंग मेरी आजकल थी।

जब पापा की डैथ हुई थी, तब भी मेरी यही सेम फीलिंग थी। एकदम अकेलापन, कोरे घड़े जैसा खालीपन महसूस करने लगा था।

यानि फिर मेरे किसी अपने की डेथ होने वाली थी।

वह बात सोचकर ही मेरी रूह काँप उठी।

मौत से डरावना कुछ नहीं। घर में मातम का माहौल। एक बड़ी-सी जगह रखी हुई डेड बॉडी! प्रलाप करते लोग! रुदन की आवाज़ें! सफेद कफ़न! उफ्फ! उफ्फ!!

मैंने दहशत से आँखें बंद कर लीं।

पता नहीं कौन मरने वाला था?

सबसे पहले मैं आपको अपना इंट्रोडक्शन दे दूँ, मेरा नाम ओंकार कपूर है। मैं मेडीसिन बनाने वाली एक बड़ी प्राइवेट कम्पनी में जॉब करता हूँ। पैकिंग

डिपार्टमेंट का हैड हूँ। मुम्बई जैसे बड़े पॉश शहर में रहता हूँ। 50 हज़ार सेलरी है। सुनने में सेलरी बहुत लगती है, लेकिन मुम्बई जैसे शहर में पूरा नहीं पड़ता। 30 हज़ार तो फ्लैट की ईएमआई ही चली जाती है। बचे 20 हज़ार में मुश्किल से महीना निकलता है। एक शादीशुदा आदमी की तकलीफ आप शायद बेहतर समझ सकते हैं। बशर्ते अगर आप भी शादीशुदा हैं तो?

साची से मीठीबाई कॉलेज में ग्रेजुएशन के दौरान ही मुझे प्यार हो गया था। साची बड़ी आज़ाद ख्याल वाली, फेमिनिज्म, जेंडर इक्वेलिटी और वीमेन एम्पावरमेंट की बात करने वाली लिबरल लड़की थी।

'देखो, शादी तो मैं तुमसे नहीं करूँगी।' साची साफ़-साफ़ कहती थी।

'व्हाय? प्यार नहीं करती मुझसे?'

'अजीब आदमी हो। प्यार का शादी से क्या लेना-देना। ज़रूरी तो नहीं कि अगर प्यार करती हूँ, तो शादी भी तुमसे करूँ?'

मैं हैरान हो उठा। प्यार की उसकी अपनी अद्भुत परिभाषा थी।

'लुक डूड़! लव एंड मैरिज आर डिफ्रेंट थिंग्स!' साची बोली, 'प्यार उससे किया जाता है, जो अच्छा लगे।'

'एंड मैरीज?'

'मैरिज उससे की जाती है, जो अच्छा रखे। जो फायनेंसली तौर पर स्ट्रांग हो। जो एक लड़की को लाइफ में सिक्योरिटी दे सके, कम्फर्ट दे सके। उसका सोशल लाइफ स्टेट्स मेंटेन रख सके। घोड़ा-गाड़ी, ज्वेलरी सब लेकर दे सके।'

'और तुम मुझे इस काबिल नहीं समझतीं?'

'नो! नेवर!! समझती क्या नहीं, तुम हो ही नहीं इस काबिल। आई मीन डोंट फील बेड!' साची मुझे बड़े प्यार से बाहों में भरकर कहती, 'यू आर माई लव बन्नी! तुम तो बस आशिक मिजाज़ हो। मजनूं टाइप। फुल रोमांटिक।

बिस्तर पर शानदार, लच्छेदार बात करने वाले। सोशल स्टेट्स मेंटेन रखने वाले मर्द अलग ही होते हैं। वो बिजनिस टुडे, बिजनिस वर्ल्ड और फ़ोर्ब्स टाइप की मैगज़ीन पढ़ते हैं। तुम्हारी तरह हिंदी लिटरेचर नहीं पढ़ते घूमते।'

'फिर ऐसे प्यार का क्या फायदा?'

'क्यों नहीं है फायदा? सारी ज़िन्दगी तुमसे प्यार करूँगी। बल्कि अगर हमने शादी की, तो शादी के फ़ौरन बाद हमारा प्यार मेरे हाथों की मेहंदी उतरने से पहले ख़त्म हो जाएगा। इधर सेक्स का भूत उतरा, उधर प्यार का द एंड। उसके बाद डेली की किट-किट शुरू। फिर किसी दिन या तो तुम सुसाइड कर लोगे या मैं कर लूँगी। लेकिन अगर ऐसे ही चला, तो सारी ज़िन्दगी प्यार चलेगा।'

'शादी के बाद भी?'

'यस! ऑफकोर्स माई रोमियो! तब तो और ज्यादा मज़ा है। छुप-छुपकर अफेयर करने से ज्यादा सेक्सी तो कुछ है ही नहीं।'

'तुम्हारे हसबैंड से धोखा नहीं होगा यह?'

'देखो, तुम यह मर्दों वाली चुतियापंती टाइप बातें मुझसे मत किया करो।' साची एकदम से भड़क उठती, 'तुम्हें तो लड़कियों के मुँह से गालियाँ सुनना भी पसंद नहीं है। यू आर रियली अ ममाज़ बॉय! सिर्फ प्यार मम्मी से पूछकर नहीं करते। अरे हसबैंड से काहे का धोखा भई! इट्स अ फ्री सोसाइटी! आज की डेट में कोई लड़की वर्जिन नहीं है। और मेरा हसबैंड ही कौन-सा ब्रह्मचारी होगा, जो मेरे साथ ही उसकी वर्जेनिटी टूटेगी? पता नहीं किस दुनिया के होते हैं तुम्हारे जैसे मर्द? डोंट साउंड सो बैकवर्ड!'

उसका गुस्सा सातवें आसमान पर था।

जबकि मैं हतप्रभ-सा उसके रिबेलियस थॉट सुन रहा था।

'लड़की की आँख के आँसू किसी को नहीं दिखते।' साची गुस्से में ही

आगे बोली, 'लेकिन वर्जेनिटी की खून की एक बूँद से मर्द लड़कियों का चरित्र जान लेते हैं। केरेक्टर जान लेते हैं। अपनी वर्जेनिटी का मर्दों को पता नहीं होता, कितनी बार ढक्कन खुल चुका होता है। कितनी सील तोड़ चुके होते हैं। सब मर्द कुत्ते की नस्ल से हैं, रोड पर आती-जाती कोई भी ख़ूबसूरत लड़की दिखाई दे जाए, लार घुटनों-घुटनों तक टपकने लगती है।'

'यानि शादी के बाद भी तुम मुझे अपनी कीप, रखैल बनाकर रखोगी?'

'वेल सेड!' साची हँस पड़ी, 'फायनली कुछ तो मेरी कंपनी का तुम्हारे ऊपर असर हुआ। कुछ तो जेंडर इक्वेलिटी की बात की तुमने। अभी तक औरतें ही कीप बनती थीं। अब मर्द भी रखैल बनेंगे। एक बात कहूँ, तुम्हारे इसी सेंस ऑफ़ ह्यूमर ने ऑलवेज मुझे तुम्हारे प्रति अट्रेक्ट किया है। और बाकायदा पेमेंट भी किया करुँगी तुम्हें। देखो डियर, पैसे से प्यार नहीं खरीदा जा सकता, पर किराए पर ज़रूर लिया जा सकता है।'

मेरे समझ ही नहीं आता था कि मैं उसकी बात सुनकर हँसू या रोऊँ?

साची जरुरत से ज्यादा प्रेक्टिकल थी। मैं ही नहीं था। जिद पकड़ ली, शादी करूँगा तो तुमसे। ऐसी लड़की को मैं हर्गिज छोड़ना नहीं चाहता था।

मजबूरन वो भी मान गई। प्यार जो करती थी।

हो गई शादी।

आज हमारी शादी को 3 साल हो चुके हैं।

हमारे 2 साल की एक बेटी भी है, वैदेही! बड़ी प्यारी बच्ची है, एकदम माँ पर गई है। आज सोचता हूँ, अच्छा ही हुआ जो मेरे ऊपर नहीं गई।

वही हुआ, जो साची कहती थी। शादी के बाद डेली की किट-किट शुरू हो गई। सेक्स का भूत तो शादी से पहले ही उतर चुका था। शादी के बाद पहले जॉब आसानी से नहीं मिली। फिर फ्लैट ले लिया और उसकी ईएमआई का झमेला शुरू हो गया।

ऑफिस से निकलते हुए घर पहुँचने में अक्सर लेट हो जाता था।

कार अफोर्ड नहीं कर सकता था, फिर भी साची की वजह से वो फंदा भी गले में बाँध लिया। आई-टेन कार खरीद ली। उस पर भी डेली की झिक-झिक होती थी।

'यह भी कोई कार है? बीएमडब्लू या मर्सेडीज़ नहीं तो कम-से-कम इनोवा तो ली होती। आई-टेन में जाते हैं, तो सोसाइटी में इन्सल्ट और होती है।'

हमारे बीच झगड़े इस कदर बढ़ गए कि साची दो बार सुसाइड की भी कोशिश कर चुकी थी। वह तो मैं घर समय पर पहुँच गया और उसे बचाया।

अब आते हैं घटना वाले दिन पर। जिस दिन घटना घटी और जिस दिन मुझे सुबह से ही किसी बड़ी अनहोनी की आशंका सता रही थी। लग रहा था, जैसे किसी अपने की मृत्यु होने वाली है।

वह बड़ा संकट से भरा दिन था।

उस दिन बड़ी अजीब-अजीब घटनाएँ मेरे साथ घटी। आगे आप भी उन घटनाओं को सुनेंगे, तो हैरान होंगे।

सबसे बड़ी बात यह है कि उस दिन वैदेही का बर्थडे भी था।

सुबह से ही साची मुझे बार-बार फोन कर रही थी, 'आज जल्दी आना। घर पर पहले तीनों मिलकर केक काटेंगे और फिर कहीं बाहर घूमने चलेंगे। डिनर भी बाहर ही करेंगे। यहाँ सोसाइटी में तो कोई ऐसा अपना है नहीं, जिसके साथ सेलीब्रेट किया जा सके। सब अपने में ही मग्न रहते हैं।'

लेकिन मैं ऑफिस से निकलने में हमेशा की तरह उस दिन फिर लेट हो गया था। मैं क्योंकि पैकिंग डिपार्टमेंट में था, इसलिए अक्सर लेट होता था। डिलीवरी में हमेशा एंड टाइम पर कुछ-न-कुछ प्रॉब्लम होती। कभी टेम्पो वाला लेट होता। कभी पैकिंग ही चल रही होती। मैं क्योंकि हैड था, इसलिए सारी ज़िम्मेदारी मेरे ऊपर थी। मुझे डिलीवरी चालान पर सिग्नेचर करके ही ऑफिस छोड़ना होता था।

किसी तरह काम निपटाकर मैं ऑफिस से अपनी आई-टेन कार में बैठकर घर की तरफ भागा। मेरी निगाह अपने मोबाइल फोन की तरफ गई, उस पर साची की 32 मिस्ड कॉल थीं।

तौबा!

आज खैर नहीं थी मेरी।

कार को रोड पर तूफानी अंदाज़ में भगाते हुए मेरी निगाह व्हाट्सअप पर भी पड़ी, उस पर साची ने मुझे रेड-रेड फेस वाले कई सारे एंग्री इमोजी भेजे हुए थे।

मेरे फोन न उठाने की वजह से शायद वो नाराज़ थी।

मैंने कार ड्राइव करते हुए साची को फोन लगाया। दूसरी तरफ रिंग बजने लगी, लेकिन साची ने फोन नहीं उठाया।

मेरा दिल जोर-जोर से धड़कने लगा।

कुछ तो गड़बड़ थी।

कहीं साची ने आज फिर सुसाइड?

नहीं-नहीं। मैंने जल्दी से उस विचार को अपने दिमाग से झटका।

वैसे ही मेरे मन में सुबह से भयानक-भयानक बातें आ रही थीं। एक तो वैदेही का बर्थडे था, फिर मैं आज लेट भी कुछ ज्यादा ही हो गया था।

परिवार में किसी और की मौत हो, उससे अच्छा तो यह था, मैं ही मर जाऊँ। सारी झंझट की वजह ही मैं था। मैंने बेहद गुस्से में अपने आपको आठ-दस गालियाँ बकीं।

उफ्फ!

रास्ते में आज ट्रेफिक भी कमाल था।

मुम्बई के ट्रेफिक से तो आप वाकिफ ही हैं। फिर मैं एसवी रोड पर था। पूरा एसवी रोड जैसे फुल जेम पेकड था।

मैंने फिर साची को फ़ोन लगाया। रिंग बजती रही, फोन किसी ने नहीं उठाया।

मेरा दिल आज बहुत घबरा रहा था। मुझे लगने लगा था, कोई बुरी घड़ी आ चुकी है।

मैं जब अपनी सोसाइटी की लॉबी में भागते हुए एंटर हुआ, तब रात के सवा बारह बज चुके थे। बर्थडे का पूरा प्लान तबाह हो चुका था।

लिफ्ट के पास पहुँचकर मैंने बटन पुश किया। लिफ्ट उस समय फिफ्टीन फ्लोर पर थी, जबकि मेरा फ्लैट सेवन फ्लोर पर था। मेरे बटन पुश करने के बावजूद लिफ्ट फिफ्टीन फ्लोर पर ही अटकी रही।

माई गॉड!

लिफ्ट को भी आज ही ख़राब होना था।

मैं बिना कोई सैकंड गँवाएँ सीढ़ियों से अपने फ्लैट की तरफ भागा। मेरे पैरों को जैसे पंख लग गए थे। आप उस समय की मेरी मन:स्थिति का अंदाज़ा नहीं लगा सकते।

जल्द ही मैं अपने फ्लैट के सामने था।

मैंने अब डोरबेल बजाई।

घर का दरवाज़ा भी न खुला।

अब तो शक-शुबह की जैसे कोई आशंका ही न बची। ज़रूर साची ने गुस्से में आज फिर सुसाइड करने की कोशिश की थी। क्या आज साची ने अपने साथ-साथ वैदेही को भी?

नहीं!

मुझे जैसे चक्कर आने लगे।

अगले ही पल मैं फ्लैट के अन्दर था।

और फ्लैट के अन्दर का जो दृश्य मैंने देखा, उसे देखकर तो मैं चीख ही पड़ा। केक दूर फर्श पर पड़ा था, जिसे शायद साची ने बेहद गुस्से में पटककर मारा था। मैंने साची और वैदेही को देखा, वह दोनों बिस्तर पर बेसुध पड़े थे।

साची का फोन साइलेंट पर था। शायद गुस्से में ही उसने अपना फोन साइलेंट पर डाल दिया था।

'साची-साची!!' मैं चीख उठा।

लेकिन मेरी चीखों से न साची की आँख खुली और न वैदेही उठी।

मैंने दोनों को पकड़कर झंझोड़ा, कोई न उठा।

मैं रो पड़ा।

फूट-फूटकर रो पड़ा।

अनहोनी हो गई थी। दोनों मुझे हमेशा-हमेशा के लिए छोड़कर जा चुके थे।

मैं पागलों की तरह प्रलाप करता हुआ फ्लैट से बाहर निकला। ऐसा लगता था, जैसे पूरे फ्लोर पर उस समय कोई न था।

ऐसा सन्नाटा मैंने पहले कभी नहीं देखा था।

वो मौत का सन्नाटा था।

मैंने नीचे जाने के लिए, किसी को बुलाने के लिए फिर लिफ्ट का बटन पुश किया। लिफ्ट अभी भी फिफ्टीन फ्लोर पर ही अटकी थी।

मैं फिर पागलों की तरह चीखता हुआ सीढ़ियों से नीचे की तरफ भागा।

मैं जैसे ही सोसाइटी से बाहर निकला, तभी मैंने जोर-जोर से सायरन बजाती एक एम्बुलेंस को वहाँ से जाते देखा।

'हेल्प! हेल्प!!' मैंने जोर-जोर से चिल्लाते हुए हाथ देकर उस एम्बुलेंस को

रुकने का इशारा किया।

एम्बुलेंस भी न रुकी।

मैं पागलों की तरह एम्बुलेंस के पीछे भागा। वह एम्बुलेंस पता नहीं कहाँ जा रही थी?

थोड़ी दूर जाकर वह एम्बुलेंस एक जगह रुक गई।

मैंने देखा, आगे बहुत भीड़ थी। शायद कोई बड़ा रोड एक्सीडेंट हो गया था।

एम्बुलेंस रुकते ही भीड़ काई की तरह फटी।

माई गॉड!

अगले पल मैं भौचक्का रह गया।

स्तब्ध!

हैरान!!

सामने मेरी आई-टेन खड़ी थी और मेरी कार का डिवाईडर से टकराकर बड़ा भीषण एक्सीडेंट हो गया था।

तभी मेरी आँखें और भी ज्यादा फटी। कार की ड्राइविंग सीट पर मेरी डेड बॉडी पड़ी थी और वो खून से बुरी तरह लथपथ थी। स्टेयरिंग व्हील से सर टकराने की वजह से मेरा सर फट गया था।

मैंने दहशत से कभी अपने आपको देखा और कभी अपनी डेड बॉडी को।

सच क्या था?

क्या मैं सच में मर गया था?

हे भगवान! मैं मर चुका था और मुझे पता ही नहीं था।

मैं इस समय सिर्फ एक आत्मा था।

एकाएक पूरा घटनाक्रम मेरे सामने घूम गया।

एक्सीडेंट के बाद बहुत गरमा-गरमी में मेरी आत्मा अपना शरीर कार में ही छोड़कर अपनी सोसाइटी की तरफ भाग खड़ी हुई थी, क्योंकि मुझे साची और वैदेही के पास पहुँचने की जल्दी थी।

मैं आत्मा था, इसलिए मुझसे लिफ्ट का बटन पुश नहीं हुआ था। लिफ्ट खराब नहीं थी। आत्मा बटन पुश ही नहीं कर सकती थी।

इसीलिए मुझसे घर की डोरबेल भी नहीं बजी।

उसी प्रवाह में, मैं बहुत स्पीड से घर में भी घुस गया, क्योंकि एक आत्मा को घर में एंटर होने के लिए किसी खिड़की-दरवाज़े की जरुरत ही नहीं होती।

इसीलिए मेरे चिल्लाने की आवाजें भी साची और वैदेही ने न सुनी। वह दोनों तो बहुत थक-हारकर गुस्से में बस सोई पड़ी थीं और मैं समझ रहा था कि वह दोनों मर गईं। जबकि मरा मैं खुद था। एक मरे हुए आदमी के चिल्लाने की आवाज़ वह भला कैसे सुनतीं?

इसीलिए किसी पड़ोसी ने भी मेरे चिल्लाने की आवाज़ें नहीं सुनीं।

फिर एम्बुलेंस ड्राईवर भी मुझे कैसे देखता और मेरे चिल्लाने से भला कैसे एम्बुलेंस रोकता? वह तो खुद मेरी ही डेड बॉडी उठाने घटनास्थल पर जा रहा था।

मैं रो पड़ा। जिंदा हो या मृत, दर्द का अहसास सबका एक जैसा होता है।

तभी मैंने सामने से साची को भी भागकर आते हुए देखा। वह गोद में वैदेही को उठाए हुए थी।

साची कार में मेरी डेड बॉडी देखते ही हृदय विदारक अंदाज़ में रो पड़ी। प्रलाप कर उठी।

काश मैंने साची की बात मानी होती?

काश हम दोनों ने शादी नहीं की होती?

सही कहती थी साची। जरुरी नहीं कि जिससे आप प्यार करें, वही आपका अच्छा जीवन साथी भी साबित हो।

साची की बातें मेरे कानों में गूँज उठीं, 'अजीब आदमी हो। प्यार का शादी से क्या लेना-देना। ज़रूरी तो नहीं कि अगर प्यार करती हूँ, तो शादी भी तुमसे करूँ? लुक डूड! लव एंड मैरिज आर डिफ्रेंट थिंग्स! प्यार उससे किया जाता है, जो अच्छा लगे।'

'एंड मैरीज?'

'मैरिज उससे की जाती है, जो अच्छा रखे। जो फायनेंसली तौर पर स्ट्रांग हो। जो एक लड़की को लाइफ में सिक्योरिटी दे सके, कम्फर्ट दे सके। उसका सोशल लाइफ स्टेट्स मेंटेन रख सके।'

सही कहती थी साची।

मैं ही नहीं समझ पाया था कि मैं उस जैसी अडवांस, फेमिनिस्ट और जेंडर इक्वेलिटी की बात करने वाली उस मॉडर्न लड़की का योग्य वर नहीं था। हम दोनों डिफ्रेंट प्लेनेट से थे। कभी मिल ही नहीं सकते थे।

एकाएक मैं शांत हो गया। मैं समझ गया, साची एजुकेटेड थी, प्रेक्टिकल थी। वह मेरे बिना ज्यादा बेहतर ज़िन्दगी गुजार लेगी।

वैदेही को भी वह शायद ज्यादा बेहतर परवरिश देगी।

साची के रुदन की आवाज़ें निरंतर मेरे कानों में गूँज रही थीं, जिसमें अब वैदेही का रुदन भी शामिल हो गया था।

शायद हमारे प्यार का यही अंत होना था।

मोक्ष

यह ज़िंदगी भी साली कश्मीर से किसी मायने में कम नहीं है, जो कम्बख़्त ख़ूबसूरत भी बहुत है पर उसमें लफड़े भी बहुत हैं। एक प्रॉब्लम ख़त्म नहीं होती कि दूसरी शुरू हो जाती है।

जो कहानी आज मैं आपको सुनाने जा रहा हूँ – वह ऐसी ही है, बड़ी अद्भुत भी और नए-नए संकटों से भरी भी।

कहानी मेरी है। कैसे सिर्फ एक कैमरे ने मेरी पूरी ज़िंदगी बदल दी। ज़िंदगी क्या बदली, मेरी पूरी लाइफ का बैण्ड बजाकर रख दिया।

सबसे पहले मैं आपको अपना इंट्रोडक्शन देता हूँ। मेरा नाम सैंडी उर्फ सिद्धार्थ है। मैं चंडीगढ़ का रहने वाला हूँ और वहाँ की मशहूर पंजाब यूनिवर्सिटी से मैंने बीबीए (बैचलर ऑफ बिजनेस एडमिनिस्ट्रेशन) का कोर्स किया है। हालाँकि बिजनेस एडमिनिस्ट्रेशन जैसे वाहियात सब्जेक्ट में मेरा शुरु से कोई इंट्रेस्ट नहीं था। बिजनेस भी कोई पढ़ने की चीज़ है। लेकिन पापा के प्रेशर से मजबूर होकर मुझे वह कोर्स करना पड़ा। वैसे सच भी यही है कि ज़िंदगी से जो आप चाहते हो, वह कभी आपको आसानी से नहीं मिलता। आसानी से मिल जाए, तो उन सपनों की, उन चीज़ों की वेल्यू भी क्या रहेगी?

जबकि मेरा खुद का इंट्रेस्ट तो फैशन फोटोग्राफर बनने में था।

‘‘काश!’’ मैं गहरी साँस लेकर सोचता, ‘‘कभी मैं भी अतुल कासबेकर और डब्बू रतनानी की तरह इंडिया का फेमस फैशन फोटोग्राफर बन जाऊँ।’’

‘‘मेरे कैमरे से खींची गई तस्वीरें देश की बड़ी-बड़ी फेमस मैगज़ीन के कवर पर छपें।’’

‘‘बड़े-बड़े फिल्म स्टार, क्रिकेट प्लेयर्स के फोटोशूट मैं करूँ।’’

‘‘मेरा कैमरा लैक्मे फैशन वीक, मिस इंडिया ब्यूटी कॉन्टेस्ट और फिल्मफेयर जैसे बड़े-बड़े अवार्ड फंक्शन शूट करे।’’

ऐसे इस्ट्मैन कलर जैसे थे मेरे यानि सैंडी के सपने!

लाइफ को लेकर मेरे थॉट शुरु से ही ज़ुदा थे। मेरा मानना था – जिनको अपने काम पर भरोसा होता है, वह नौकरी करते हैं। जिन्हें रुपए पर भरोसा होता है, वह व्यापार करते हैं। लेकिन जिन्हें सिर्फ अपने आप पर भरोसा होता है – वह तो कलाकार बंदे होते हैं।

आप यूँ समझो, मैं भी बस पैदाइशी कलाकार था।

एकदम बॉर्न आर्टिस्ट!

मेरे पास निकॉन कंपनी का एक D5-600 कैमरा है, जिसे मैं अपनी जान से भी ज्यादा प्यार करता हूँ। चंडीगढ़ में मैंने अपने उस निकॉन कैमरे से बहुत फोटोग्राफ्स क्लिक किए थे। लेकिन फोटोग्राफी से प्यार मुझे बहुत भारी पड़ा। कुछ दिन पहले अपने इसी शौक को लेकर मेरा अपने पापा से ज़बरदस्त झगड़ा हो गया। घर पर जितने फोटोग्राफ्स थे, उन्होंने गुस्से में सबके सब फाड़ डाले।

‘यह फोटोग्राफी तेरी ज़िंदगी बर्बाद कर रही है।’ वह बहुत गुस्से में एक-एक फोटोग्राफ फाड़ते हुए बोले।

मैंने उन्हें फोटो फाड़ने से रोकने की बहुत कोशिश की, लेकिन वह न रुके।

माँ ने भी उन्हें बहुत समझाया, वह न समझे।

'ज़िंदगी चलाने के लिए रुपया मायने रखता है, रुपया!' उनके अंदर से जैसे ज्वालामुखी फट रहा था – 'और तेरा यह शौक, तेरी यह फोटोग्राफी तुझे रुपया नहीं देने वाली। अरे कोई अपनी बेटी की शादी तक नहीं करेगा तेरे जैसे टटपूंजिया दो कौड़ी के फोटोग्राफर के साथ। औकात क्या है तेरी फोटोग्राफी की इस दुनिया में? कोई तुझसे अपने घर की मैय्यत तक के फोटो भी क्लिक नहीं कराएगा।'

मेरे मेहनत से खींचे गए तमाम फोटोग्राफ्स फाड़ने के बाद अब वह निकॉन कैमरे को तोड़ने के लिए अलमारी की तरफ बढ़े। निकॉन कैमरा तो मुझे अपनी जान से भी ज्यादा प्यारा था।

पापा उस कैमरे तक पहुँच पाते, उससे पहले ही मैंने अलमारी से उस कैमरे को निकाल लिया और उसे अपने पीछे छुपा लिया।

'ख़बरदार!' वह गुस्से में और जोर से चिल्लाए– 'यह कैमरा मुझे दे दे। मैं इस किस्से को ही आज हमेशा-हमेशा के लिए ख़त्म कर दूँगा। न घर में यह आफत का डिब्बा होगा, न रोज की काँय-काँय होगी। जबसे यह तेरे गले में लटका है, फाँसी का फंदा लटक गया है– जो रोज तुझे तिल-तिल करके मार रहा है।'

'नहीं!' मैं कैमरा अपने पीछे छुपाए-छुपाए बोला– 'नहीं। मैं यह कैमरा आपको नहीं दूँगा।'

'तो फिर ठीक है।' उनका गुस्सा अपनी चरम सीमा पर था– 'तो आज यह फैसला कर ही लेते हैं। तूने मुझे यानि अपने बाप को चुनना है या सारी आफत की जड़ इस कैमरे को चुनना है। अगर तू यह कैमरा चुनना चाहता है, तो तुझे अभी इसी वक्त यह घर छोड़ देना होगा। बोल क्या करना है? फिर तू जी ज़िंदगी अपनी मर्जी से।'

‘य … यह!’ माँ, पापा की वह बात सुनकर घबरा गई – ‘यह आप क्या कह रहे हैं?’

‘तुम चुप रहो।’ पापा ने माँ पर भी कोड़े जैसी फ़टकार लगा दी– ‘आज जो फैसला होना है, हो जाने दो। मैं भी रोज़-रोज़ के इस ड्रामे से तंग आ चुका हूँ।’

मैं सन्न खड़ा था।

मैंने पीठ के पीछे कैमरे को बिल्ली के किसी छोटे बच्चे की तरह छिपाया हुआ था, जिसकी जान खतरे में थी।

सच तो यह है, मैं भी रोज़-रोज़ के उस नाटक से तंग आ चुका था।

और उस दिन मैंने फैसला कर ही लिया। मैंने पापा और कैमरे में-से कैमरे को चुना।

आप कह सकते हैं कि दुनिया में मेरे जैसा नालायक बेटा कोई दूसरा नहीं होगा। शायद यह ठीक भी है। जिस उम्र में मुझे अपने माँ-बाप का सहारा बनना था, मैंने कैमरे को अपना सहारा बना लिया। सच तो ये है, मैं अपने दिल के हाथों मजबूर था। मैं क्या करूँ, मुझे कैमरे और ख़ूबसूरत तस्वीरों के अलावा कुछ सूझता ही नहीं था।

कैमरा मेरे हाथ में न हो, तो मुझे लगता था कि मेरी ज़िंदगी अधूरी है।

मेरे फैसले से पापा हैरान रह गए। उन्होंने तो ख़्वाब में भी न सोचा होगा कि मैं उनमें और कैमरे में-से कैमरे को चुनूँगा।

‘यानि!’ वह बेहद गुस्से में चिल्लाए– ‘तुझे घर छोड़ना मंजूर है। जिन माँ-बाप ने तुझे पैदा किया, तेरी सू-सू, टट्टी धोई, बचपन से तुझे पाला-पोसा, उन्हें भी छोड़ना मंजूर है, लेकिन कैमरा छोड़ना मंजूर नहीं?’

‘हाँ!’ मैंने स्पष्ट स्वर में उत्तर दिया।

मेरा फैसला सुनकर अब माँ भी बेहद गुस्से में आगे बढ़ी और उन्होंने मेरे मुँह पर जोर से खींचकर थप्पड़ मारना चाहा, लेकिन पापा ने उनका हाथ बीच में ही पकड़ लिया।

'रहने दे बिट्टो!' वह प्यार से माँ को बिट्टो ही कहकर बुलाते थे– 'मारा उन्हें जाता है, जो अपने हों। लेकिन आज से यह पराया हो गया है। भगवान ने हमें एक ही संतान दी थी, आज सोच लेंगे कि वह भी हमसे छीन ली। हम बे-औलाद हो गए। जा, निकल जा तू इस घर से। मर गया तू आज से हमारे लिए कमबख्त!'

पापा के एक-एक शब्द मेरे दिल-दिमाग पर हथौड़े की तरह पड़ रहे थे।

मेरी आँखों में आँसू उमड़ आए।

उन्हीं भीगी आँखों के साथ मैंने अपना वह घर छोड़ दिया।

उस घर से मैंने लिया भी कुछ नहीं। सिर्फ मेरा निकॉन कैमरा मेरे साथ था।

भरी आँखों और टूटे दिल के साथ मैंने न सिर्फ घर छोड़ दिया, बल्कि उसी दिन अपना शहर चंडीगढ़ भी छोड़ दिया। जिस शहर में मेरा बचपन गुज़रा था। जहाँ की गलियों में मेरा बचपन दफन था, सब छोड़ दिया। मैंने सुना था– माँ की ममता और पिता की क्षमता का अंदाज़ा लगाना सम्भव नहीं है। लेकिन उस दिन घर छोड़ते समय एक बार भी यह ख्याल मेरे दिमाग में न आया कि उन पर क्या गुज़र रही होगी? आखिर उनके जवान-जहान बेटे ने उन्हें छोड़ दिया था, जिसे पूरे पच्चीस बरस तक उन्होंने पाला-पोसा था।

मैं तो उस समय अपनी ही एक अलग दुनिया में था। मुझे सिर्फ कैरियर बनाना था। लाइफ बनानी थी।

मैं सीधा मुंबई पहुँचा।

मेरे जैसे कलाकारों के लिए अगर भारतवर्ष में कहीं कोई शहर है, तो सिर्फ

मुंबई है। जहाँ कला की पूजा होती है। जहाँ कला को आमदनी का, जीवन गुजारने का एक ज़रिया समझा जाता है। जहाँ सरस्वती और लक्ष्मी दोनों एक साथ, एक ही घर में वास करती हैं। वरना देश के बाकी शहरों में तो, अगर आप कलाकार हैं, उपहास का केंद्र होते हैं। मैंने अब साबित करना था, जिस-जिस पर जग हँसा है, उसी ने इतिहास रचा है।

मैं इतिहास रचने के लिए मुम्बई में था।

लेकिन मैं मुंबई पहुँचा, तो मुंबई पहुँचते ही मेरे ऊपर एक और बड़ा वज्रपात हुआ।

मैं पहली बार मुंबई आया था और वो मुंबई शहर मेरे लिए पूरी तरह अनजान था।

मैं मुंबई सेंट्रल स्टेशन पर उतरा। शाम का समय था। तब वहाँ यात्रियों की ज़बरदस्त गहमागहमी थी। चारों तरफ सिर-ही-सिर नजर आ रहे थे। उसी भीड़-भड़क्के में किसी ने मुझे धक्का दिया, तो मैं गिर पड़ा। मेरा बैग भी मेरे हाथ से छूट गया।

मैं जब तक भीड़ के बीच में-से उठकर खड़ा हुआ, तब तक मेरा बैग गायब हो चुका था।

उफ!

उसी में मेरा निकॉन कैमरा था।

मुझे ऐसा लगा जैसे मुंबई सेंट्रल स्टेशन पर उतरते ही पूरा आसमान गड़गड़ाते हुए टूटकर मेरे सिर पर गिर गया हो।

जैसे किसी ने जमीन मेरे पैरों के नीचे से खींच ली हो। मेरी आँखों के सामने अंधेरा घिर आया।

मैंने बड़ी मुश्किल से खुद को संभाला।

जिस कैमरे के दम पर मैं मुंबई शहर में आया था, अब वही कैमरा मेरे पास नहीं था।

इसके अलावा मेरी पॉकेट में इतने रुपए भी नहीं थे, जो मैं नया तो दूर एक सेकिण्ड हैंड कैमरा भी खरीद सकता।

उस दिन सदमे में मैंने खाना भी नहीं खाया और पूरी रात एक पार्क में लेटकर जागते हुए गुज़ारी।

'यह ज़रूर पापा का श्राप मुझे लगा है।' मैंने मन-ही-मन सोचा– 'जिस कैमरे की वजह से मैंने पापा को छोड़ा, अब वही कैमरा मुझे छोड़ गया था।'

घर छोड़ने के बाद मुझे पहली बार पापा की याद आ रही थी। उनका स्वभाव नीम के पेड़ जैसा था। उनकी बातों में नीम के पत्तों जैसी कड़वाहट ज़रूर घुली थी, पर वह पेड़ की तरह ही मुझे अपने अनुभवों की छाँव देना चाहते थे– जो मैंने नहीं ली।

उसके बाद एक घटना और घटी।

ज़बरदस्त घटना!

जिस घटना की वजह से मेरे जीवन में और भी ज्यादा बड़ा हंगामा खड़ा हुआ। ऐसा ज़बरदस्त हंगामा बरपा हुआ, जिसके कारण आज मैं यह कहानी लिख रहा हूँ।

◆

तो दिल थामकर अब घटना सुनिए।

दरअसल जिस पार्क में मैंने रात गुज़ारी थी, उससे बस चंद कदम के फासले पर ही मुंबई का एक बड़ा टूरिस्ट स्पॉट था। जहाँ दिन निकलते ही बाहर से घूमने आए टूरिस्टों से भरी मुंबई दर्शन की बसों की लाइन लग जाती थी।

उस शोर-शराबे को सुनकर मैं भी उस टूरिस्ट स्पॉट की तरफ आकर्षित हुआ और वहाँ जा पहुँचा।

अब मुझे तेज भूख भी लग रही थी।

उस टूरिस्ट स्पॉट से जुड़ी हुई ही एक गहरी खाई थी, जो वहाँ सुसाइड पॉइंट के नाम से मशहूर थी। यह बात मुझे तब मालूम नहीं थी। हालाँकि मैं आपको एडवांस में ही यह जानकारी दे रहा हूँ। दरअसल वहाँ से कई लोग खाई में कूदकर सुसाइड कर चुके थे।

मैं घूमता हुआ इत्तेफाक से उसी सुसाइड पॉइंट के पास जा पहुँचा और वहाँ से मैंने नीचे झाँका।

अगले ही पल मैं बुरी तरह चौंक पड़ा।

वहाँ खाई में कुछ फुट नीचे ही एक कैमरा पड़ा था। कैमरा भी कोई अच्छी कंपनी का मालूम होता था।

'अरे वाह!' उस कैमरे को देखते ही मेरी आँखें चमक उठीं।

मैं यह भी भूल गया कि वह कैमरा हजारों फुट गहरी खाई के दहाने पर पड़ा है और वहाँ तक जाना भी अपनी जान को ज़बरदस्त जोखिम में डालना है।

मैं आनन-फानन में जंप लगाकर सुसाइड पॉइंट की दीवार पर चढ़ गया और फिर दूसरी तरफ खाई में उतरने की कौशिश करने लगा।

जब कुछ लोगों की नजर मेरी इस हरकत पर पड़ी, तो वहाँ जैसे हंगामा मच गया।

'अरे-अरे!' कोई पागलों की तरह चिल्लाया– 'पकड़ो-पकड़ो कोई उसे। वह सुसाइड कर रहा है।'

'सुसाइड!'

'सुसाइड!!'

एकाएक चारों तरफ से तेज शोर उमड़ा और काफी लोग बड़ी तेजी से मेरी तरफ झपटे।

लेकिन वह मेरे तक पहुँच पाते, मैं खाई में उतर गया और जल्दी से उस कैमरे के पास जा पहुँचा।

मैंने वह कैमरा देखा, तो मेरी आँखें और चमक उठीं।

वह 5D Mark 4 Canon कैमरा था। जिसकी कीमत आज की तारीख में कम-से-कम पाँच लाख रुपए थी और उस कैमरे को खरीदना मेरा ड्रीम था।

Canon 5D कैमरे को हाथ में लेते ही मैं सब कुछ भूल गया। मैं यह भी भूल गया कि मैं हजारों फुट गहरी खाई के दहाने पर खड़ा था और जरा-सा पैर स्लिप होते ही मैं सीधा नीचे खाई में जाकर गिरना था और फौरन ऑन द स्पॉट मेरे सपनों की सारी हार्ड डिस्क क्रेश हो जाती।

तभी ऊपर लोगों का हुजूम भी जमा हो गया और वह मुझे देखकर गला फाड़-फाड़कर चिल्लाने लगे।

'भाई नीचे मत कूद जाना।' उसी भीड़ में-से कोई एक चीखा– 'आत्महत्या करना बुरी बात है।'

'ब्रो!' कोई दूसरा चीखा– 'अगर कोई मुश्किल आई भी है, तो वह चली जाएगी। बट यु विल नेवर गेट दिस लाइफ बैक।'

'आई थिंक दैट दिस इज़ एन ईश्यु ऑफ अफेयर।' भीड़ में खड़ा एक हाई-फाई अंग्रेज़ीयाफ्ता बूढ़ा बोला– 'सम गर्ल वुड हैव बिट्रेयेड हिम।'

उन आवाज़ों को सुनकर मैं मुस्कुरा उठा। मरना कौन कमबख्त चाहता था? अब तो वैसे भी मरने का प्रश्न नहीं था, आखिर कैमरा मेरे हाथ में था।

वह भी Canon 5D Mark 4 कैमरा!

मुझे उस समय ऐसा लग रहा था, जैसे मैंने आधी दुनिया फतह कर ली हो। मैं सिकंदर से कोई कम बड़ा बादशाह थोड़े ही था।

तभी वहाँ कुछ सिक्योरिटी गार्ड्स भी आ गए और उन्होंने एक बड़ी रस्सी नीचे फैंक दी।

'इस रस्सी को कसकर पकड़ लो।' एक गार्ड चिल्लाया– 'और ऊपर आ जाओ।'

'संभालकर पकड़ना।' दूसरा गार्ड चीखा।

मैंने रस्सी को पकड़ने से पहले 5D कैमरे को कसकर पकड़ा और फिर हवा में झूलती रस्सी पकड़ ली।

आपको शायद उस समय की मेरी मनोदशा का अंदाज़ा नहीं होगा। मैंने रस्सी से ज्यादा 5D कैमरे को कसकर पकड़ा हुआ था। आप मुझे पागल कहेंगे। पर आप कह सकते हैं मुझे पागल! हक है आपको। मेरी हरकतें ही वैसी थीं, जो किसी भी नॉर्मल इंसान की नहीं हो सकती। मैं नॉर्मल था भी नहीं। मैं तो पैदा ही अब्नॉर्मल हुआ था विद कैमरा! पूरी दुनिया ही मुझे फोटोज़निक नज़र आती थी, जिसे मैंने बस शूट करना था।

मैं इसी तरह रस्सी पकड़कर चढ़ता हुआ ऊपर पहुँचा और भीड़ के बीच में कूद पड़ा।

सबने फौरन मुझे हाथों में संभाल लिया।

'भाई क्या प्रॉब्लम हो गई थी?'

'व्हाय डिड यु वाण्ट टु एंड युअर लाइफ?'

'क्या किसी लड़की ने धोखा दिया है?'

चारों तरफ से आवाज़ें आने लगीं।

'ऐसा कुछ नहीं है, मैं ठीक हूँ।' मैं चीखा– 'यार मेरा बस कैमरा ज़रा नीचे गिर गया था, उसी को निकालने गया था।'

'ओह गॉड!' वही हाई-फाई अंग्रेज़ीयाफ्ता बुड्ढ़ा बोला– 'हाऊ कैन यु रिस्क युअर लाइफ जस्ट फोर कैमरा?'

'यह कैमरा जस्ट नहीं है, यह मेरी जान से भी ज्यादा कीमती है।' मैं बोला।

'ही इज़ मैड फोर श्योर।'

'मुझे तो पूरा पागल लगता है।'

चारों तरफ से फिर आवाज़ें उमड़ने लगीं।

लेकिन मैंने किसी आवाज़ पर ध्यान नहीं दिया।

मैं कैमरा हाथ में पकड़े किसी प्रिंस की तरह चलता हुआ उन सबसे दूर होता चला गया।

◆

मेरे अंदर अब गज़ब की एनर्जी आ गई थी।

हालाँकि कैमरा अभी चल नहीं रहा था। नीचे गिरने की वजह से उसमें कुछ माइनर डिफेक्ट आ गया था। मुझे पूरा भरोसा था कि मैं उसे जल्द ही ठीक कर लूँगा।

मैंने सबसे पहले भरपेट भोजन किया और फिर अपने रहने के लिए मुंबई में एक ठिकाना खोजा।

घर भी मुझे जल्दी मिल गया और बड़ा अच्छा मिला।

दरअसल पेइंग गेस्ट के तौर पर मैं एक घर में शिफ्ट हो गया था। वहाँ मुझे डिपॉजिट भी कुछ नहीं देना पड़ा।

सबसे बड़ी बात यह थी कि फिलहाल उस घर में, मैं अभी अकेला था। दरअसल मकान मालिक ने अभी उस घर को पेइंग गेस्ट के तौर पर देने का फैसला किया था और मैं पहला पीजी था। अभी वहाँ 3 पीजी और आने थे, जिसकी इत्तला मुझे दे दी गई थी।

तीन और लड़के जब आते, तब आते– फिलहाल तो मैं पूरे घर में अकेला था और हर तरफ मेरी धमाचौकड़ी थी।

उस घर में शिफ्ट होते ही सबसे पहले मैंने दो काम किए। पहला– घर की चौखट पर एक घोड़े की नाल ठोकी। मैं बरसों से सुनता आया था कि घर के दरवाज़े पर घोड़े की नाल ठोकने से कामयाबी तुरत-फुरत मिलती है। अभी मुझे कामयाबी की सख्त जरुरत थी। उसके बाद दूसरा काम मैंने कैमरा ठीक करने का किया। जैसाकि मेरा अनुमान था, वह आधा घंटे में ही ठीक हो गया। मैं इस समय हवा में उड़ रहा था।

लेकिन फिर उस कैमरे की वजह से मेरे जीवन में जो घटना घटी, उसने मेरे होश उड़ाकर रख दिए। मेरी फुल ऐसी-तेसी फेरकर रख दी। खुशियाँ तो मेरी ज़िंदगी से यूँ उड़न-छू हुईं, जैसे किसी ने गैस के गुब्बारे में पिन मार दी हो। सब खुशियाँ एक ही झटके में फुर्रर हो गईं।

वह खौफ की एक ज़बरदस्त शुरुआत थी ।

कैमरा ठीक होते ही मैंने उस कैमरे से एक फोटो क्लिक करनी चाही और इसके लिए कैमरे के लैंसव्यू-फाइंडर से अपनी आँख सटाई।

तौबा!

अगले ही पल मेरी रीढ़ की हड्डी तक में खौफ की एक ज़बरदस्त सिहरन दौड़ गई।

व्यू-फाइंडर से आँख सटाते ही मुझे कैमरे के अंदर किसी बड़े खौफनाक आदमी का चेहरा दिखाई दिया, जो मुझे देखकर हँस रहा था।

मैंने फौरन डर से अपनी आँख पीछे हटा लीं।

कैमरा भी मेरे हाथ से छूटते-छूटते बचा।

'लगता है, मेरा वहम है।' यह सोचकर मैंने दोबारा व्यू-फाइंडर से अपनी आँखें सटाईं।

फिर वही! फिर मुझे कैमरे के अंदर वही खौफनाक आदमी हँसता हुआ दिखाई दिया। वह मुझे देखकर ही हँस रहा था।

अब तो मेरे जिस्म का एक-एक रोंआ खड़ा हो गया।

मैंने हिम्मत जुटाकर दो बार और कैमरे के व्यू-फाइंडर से आँख सटाकर देखा, लेकिन हर बार मुझे कैमरे के अंदर उसी आदमी के दर्शन हुए।

मैंने कैमरा छोड़ दिया।

अब तो मुझे कैमरे को हाथ लगाने से भी डर लगने लगा।

मैं भूत-प्रेत जैसी अंधविश्वासी बातों पर यकीन नहीं करता, लेकिन उस समय न जाने क्यों मुझे उन सब बातों पर यकीन होने लगा।

थोड़ी देर पहले तक जिस घर में मुझे अकेला रहना अच्छा लग रहा था, अब उसी घर का अकेलापन मेरे अंदर खौफ भरने लगा।

जैसे-जैसे रात हो रही थी, मेरा डर भी बढ़ता जा रहा था।

वह वन रूम किचन था। मैंने फौरन वह कैमरा उठाया और उसे लेकर बाथरूम में रख दिया। बाहर से बाथरूम का दरवाज़ा भी अच्छी तरह बंद कर दिया।

अब मुझे थोड़ा संतोष हुआ।

मैं रूम में बिस्तर पर आकर लेट गया। उस खतरनाक आदमी का हँसता हुआ चेहरा बार-बार मेरी आँखों के सामने कौंध रहा था। नींद पूरी तरह मेरी आँखों से उड़ी हुई थी।

वह मुश्किल से पैंतीस-अड़तीस साल का बहुत तंदुरुस्त आदमी था। उसके चेहरे पर एक अजीब-सा ख़ौफ़ था और आँखें बेजान थीं।

मैंने घबराहट में टीवी ऑन कर दिया और हाई वॉल्यूम पर म्यूजिक चैनल लगा दिया। हिंदी गानों का शोर अब फ्लैट में गूँजने लगा, जिससे मुझे थोड़ी तसल्ली मिली।

रूम की जितनी लाइटें थीं, वह सबकी सब मैंने ऑन कर दीं।

मैं टीवी देखता रहा।

टीवी देखते-देखते कब मेरी आँख लग गई, मुझे पता न चला।

सपने में भी मुझे वही आदमी दिखाई देने लगा। अब वह मुझसे बातें भी कर रहा था।

'तुमने ठीक नहीं किया।' वह इस समय बहुत गुस्से में था– 'जो मुझे बाथरूम में बंद किया। उठो, मुझे तुमसे बातें करनी हैं। तुम इस तरह आराम से सो नहीं सकते। उठो।' वह चिल्लाने लगा, 'मुझे तुमसे बातें करनी हैं।'

'उठो।'

उसकी अब चीखने की आवाज़ें मेरे आसपास गूँजने लगीं।

मेरी घबराहट में आँख खुल गई और मैं एकदम हड़बड़ाकर उठ बैठा।

आँख खुलते ही मेरी तेज चीख निकली।

पूरे कमरे में घुप्प अंधेरा था। किसी ने पूरे कमरे की लाइटें ऑफ कर दी थीं।

किसने?

पता नहीं।

टीवी भी किसी ने ऑफ कर दिया था।

मेरे दिमाग पर हथौड़े जैसी चोट पड़ने लगीं।

मैंने अंधेरे में ही जल्दी से भागकर ट्यूब लाइट ऑन की।

जैसे ही कमरे में रोशनी फैली, मेरे मुँह से और ज्यादा खौफनाक चीख निकल गई।

जिस कैमरे को मैं बाथरूम में बंद करके सोया था, वह कैमरा वापस मेरे रूम में ही टेबल पर रखा था।

भूत! यही एक शब्द मेरे दिमाग में हथोड़े की तरह बज़ा।

मैंने बाथरूम की तरफ देखा, बाथरूम का दरवाज़ा भी एकदम चौपट खुला पड़ा था।

हे भगवान!

मेरी दहशत से टांगें कांपने लगीं।

उस समय रात के तीन बज रहे थे।

मुझे ऐसा लगने लगा, जैसे अभी दहशत से मेरा हार्टफेल हो जाएगा।

'सैंडी!' आवाज़ जैसे कैमरे के अंदर से आई– 'कैमरे के व्यू-फाइंडर से आँख सटाओ, मुझे तुमसे बात करनी है।'

मेरी हिम्मत नहीं हुई कि मैं कैमरे के व्यू-फाइंडर से आँख सटाता और उस आदमी को फिर देखता।

आवाज़ सुनते ही मैंने फ्लैट से निकलकर बाहर भाग जाना चाहा।

लेकिन मेरे पैर फ्रीज़ हो गए।

मुझे ऐसा लग रहा था, जैसे दिमाग को छोड़कर मेरे जिस्म का कोई भी हिस्सा काम नहीं कर रहा है।

'तुम कहीं नहीं भाग सकते।' फिर कोई चिल्लाया– 'कहीं नहीं ।'

मेरे जिस्म का एक-एक रोंआं खड़ा हो गया था।

'जैसा मैं तुमसे कह रहा हूँ, वैसा करो।' कैमरे के अंदर से आवाज़ आ रही थी– 'वरना जान से मार डालूँगा मैं तुम्हें।'

मेरी फिर भी कैमरे के व्यू-फाइंडर में झाँकने की हिम्मत न हुई।

'जल्दी करो।'

इस बार वह इतनी जोर से दहाड़ा कि मैं भागकर फौरन कैमरे के पास जा पहुँचा।

मैंने थर-थर काँपते हाथों से कैमरा उठाया और व्यू-फाइंडर से अपनी आँखें सटाईं।

अंदर फिर उसी आदमी के मुझे दर्शन हुए।

'देखो!' इस बार वह आदमी मुझसे बहुत प्यार से बोला– 'मुझसे डरने की ज़रूरत नहीं। मैं तुम्हारे दोस्त जैसा हूँ। मेरा नाम योगी है।'

'योगी!'

मैं वह नाम सुनकर चौंक उठा।

योगी एक बहुत बड़ा फैशन फोटोग्राफर था और खुद मेरा आइडियल था।

योगी के फोटोग्राफ्स का एक बड़ा कलेक्शन मेरे पास था। मैं खुद योगी जैसा फैशन फोटोग्राफर बनना चाहता था।

'तुम!' मैं योगी को देखकर चौंका– 'तुम इस हालत में कैसे?'

'देखो, मैंने कुछ टाइम पहले सुसाइड कर ली थी, जो मेरी ज़िंदगी की बड़ी गलती थी।' योगी बहुत धैर्यपूर्वक बोला– 'अब मैं मरने के बाद ऐसे लोगों की हेल्प करना चाहता हूँ, जो मेरी ही तरह बेवकूफी करने वाले हैं या सुसाइड करने वाले हैं। ऐसी एक लड़की मेरी निगाह में है, जो सुसाइड करना चाहती है। मैं चाहता हूँ कि वह लड़की सुसाइड न करे और इस काम में तुम मेरी हेल्प करो।'

'नहीं, किसी हालत में नहीं।' मैंने तुरंत जवाब दिया– 'मैं तुम्हारे ऐसे किसी झमेले में पड़ना नहीं चाहता। और प्लीज, तुम भी मेरा पीछा छोड़ो। मैं वैसे ही बहुत परेशान हूँ। तुम किसी और को पकड़ लो, जो तुम्हारी हेल्प कर सके।'

'नहीं, हेल्प तो तुम ही करोगे।'

'नहीं।' मैंने बहुत साफ-साफ जवाब दिया– 'मैं तुम्हारी कोई हेल्प नहीं करूँगा।'

मेरी बात सुनते ही योगी को ज़बरदस्त गुस्सा आ गया।

उसके बाद तो उसने मेरे ऊपर ऐसा कहर बरपा किया कि मेरे जिस्म का एक-एक रोयां खड़ा हो गया।

योगी एक आत्मा था, वह कुछ भी कर सकता था।

उसने तुरंत बेहद गुस्से में मेरे रूम का सामान उठा-उठाकर इधर-से-उधर फेंकना शुरू कर दिया।

उसके बाद तो उसने मेरी ज़िंदगी नरक बनाने के लिए और भी कई अलग-अलग तरह के प्रपंच रचे।

मुझे कमरे में कई और आत्माएँ भी नज़र आने लगीं, जो बहुत खौफनाक थीं और मुझे देखकर बड़ी डरावनी हँसी हँसती थीं।

मैं अपना मोबाइल खोलता, तो मोबाइल में भी मुझे योगी ही नजर आता।

दीवार पर चलता हुआ योगी नजर आता।

खाने में कीड़े चलने लगे।

उफ़!

मेरी तौबा बुल गई।

मैंने घर छोड़कर भाग जाना चाहा, लेकिन घर के दरवाज़े और खिड़कियाँ

बाहर से कसकर बंद हो गए।

मैं चीखें मार-मारकर रोने लगा।

लेकिन मुझे लग रहा था कि मेरे चिल्लाने की आवाज़ भी बाहर नहीं जा रही थी।

क्योंकि जितनी जोर से मैं चिल्ला रहा था, उन चीखों को सुनकर तो पूरी सोसाइटी में हँगामा हो जाता।

मुझे लगने लगा कि अब वही घर मेरी कब्र बन जाएगा।

कोई एक घंटा वो हँगामा चला, फिर सब कुछ शांत हो गया। एकदम शांत!

मैं समझ रहा था कि योगी चला गया है। मैंने उठकर दरवाज़ा खोलना चाहा, लेकिन दरवाज़ा अभी भी बंद था।

मैंने खिड़की खोलनी चाही, खिड़की भी न खुली।

मैं हाँफते हुए बिस्तर पर लेट गया।

योगी की आत्मा वहाँ नहीं थी, लेकिन उसकी दहशत अभी भी मेरे दिल-दिमाग पर सवार थी।

पता नहीं मैं बेहद डरी हुई हालत में कितनी देर बिस्तर पर पड़ा रहा।

मैं उस समय चौंका, जब एक झटके से तेज आवाज़ करती हुई खिड़की खुली।

योगी की आत्मा मेरे सामने थी। वो पहली बार था, जब योगी की आत्मा कैमरे के बाहर मुझसे बात कर रही थी।

एकाएक योगी की आत्मा अपने दोनों हाथ मेरे सामने जोड़कर खड़ी हो गई और रो पड़ी।

'प्लीज-प्लीज!' योगी की आत्मा रो रही थी– 'चैत्राली सुसाइड करने जा

रही है। वह उसी सुसाइड पॉइंट पर है, जहाँ से तुम्हें मेरा कैमरा मिला। जल्दी पकड़ो उसे, वरना वह मर जाएगी। जल्दी करो।' वह सब कुछ बहुत स्पीड से एक ही साँस में बोल गया।

पता नहीं योगी की आवाज़ में उस समय कैसी वेदना थी कि मैंने भी ज्यादा सोच-विचार न किया और सुसाइड पॉइंट की तरफ भाग खड़ा हुआ।

दरवाज़ा जो कुछ देर पहले मेरी पूरी ताकत से भी नहीं खुल रहा था, अब अपने आप खुल गया।

सुसाइड पॉइंट वहाँ से ज्यादा दूर नहीं था।

मैं कुछ मिनट में ही वहाँ पहुँच गया।

चैत्राली सचमुच वहाँ थी और बस कूदने ही जा रही थी । मैंने फौरन पीछे से जाकर उसे पकड़ लिया।

'क्या कर रही हो?' मैं चिल्लाया– 'पागल हो गई हो क्या?'

'हाँ-हाँ।' वह मुझसे भी ज्यादा जोर से चिल्लाई– 'मैं पागल हो गई हूँ। हू द हैल आर यू टू स्टॉप मी ? मेरी जान पर मेरा हक है, मैं चाहे कुछ भी करूँ।'

'नहीं होता हक अपनी जान को भी इस तरह लेने का।' मेरे अंदर न जाने कहाँ से विरोध करने की इतनी ताकत आ गई थी– 'दिस इज क्राइम। मुझे नहीं पता कि तुम्हारा क्या दुख है। लेकिन अगर ज़िंदा रहोगी, तो मेरी गारंटी है कि एक-न-एक दिन तुम्हें सुख और आनंद की प्राप्ति ज़रूर होगी। सारे दुख अपने आप मिट जाएँगे। लेकिन उसके लिए ज़िंदा रहना ज़रूरी है।'

'गो टू हैल विद युअर स्टूपिड लैक्चर!'

चैत्राली गुस्से में ही वहाँ से चली गई।

मैंने फिर भी तब तक उसका पीछा किया, जब तक वह घर न पहुँच गई।

चैत्राली गुस्से में भी बहुत सुंदर लग रही थी। वह लंबे कद की खूब गोरी चिट्टी लड़की थी। उसके व्यक्तित्व में एक अहं फैक्टर भी था– जो उसकी काबिलियत का, उसकी चाहत का, उसके एजुकेटेड होने का सबूत था। तमाम खूबियों के बावजूद पता नहीं क्या दुख था चैत्राली का, जो वह अपनी शख्सियत को मिटाने पर तुली थी।

'देखो!' जब वह अपने घर का दरवाज़ा बंद कर रही थी, मैंने उसे फिर समझाने की कौशिश की– 'सुसाइड करना बुरी बात है। भगवान को भी यह अच्छा नहीं लगता कि कोई उसकी बनाई गई कृति को तोड़े। ऊपर आकाश की तरफ देखो, हम इस दुनिया में अकेले नहीं हैं। सारा ब्रह्माण्ड हमारे साथ है। यह चाँद-सितारे, पेड़-पौधे सब हमारी मदद करते हैं। फिर भी अगर तुमने दोबारा सुसाइड करने की कोशिश की, देन आई विल इन्फॉर्म द पुलिस।'

पुलिस के नाम से वह थोड़ा डरी।

उसके चेहरे की भाव-भंगिमाएँ कुछ बदलीं।

लेकिन फिर भी उसने दरवाज़ा बंद कर लिया।

सबसे खतरनाक बात यह थी कि वह उस घर में अकेली रहती थी।

मरने के लिए उसे सुसाइड पॉइंट तक जाने की ज़रूरत ही नहीं थी, वह तो वहीं घर के अंदर पंखे में लटक सकती थी। जहर खा सकती थी। हजार तरीके थे उसे घर के अंदर ही सुसाइड करने के। इसीलिए कहते हैं– मरने वाले को कौन रोक सकता है?

मैं डरा हुआ ही कुछ देर बाहर खड़ा रहा।

मेरी यह जानने की जिज्ञासा भी हुई कि मैं जरा अंदर झाँककर तो देखूँ, वह अंदर क्या कर रही है?

लेकिन ऐसी कोई सहूलियत मुझे हासिल नहीं थी। घर के तमाम खिड़की-

दरवाज़े अंदर से बंद थे और मैं ताका-झाँकी करने की अगर कोई कोशिश करता, तो मेरे पिटने की संभावनाएँ भी बन सकती थीं। आखिर उस घर में एक अकेली, तन्हा लड़की रहती थी।

बहरहाल मैं बुझे दिल से वापस घर लौट आया।

हालाँकि अब उस घर में कदम रखते हुए भी मुझे डर लग रहा था। पता नहीं वहाँ पहुँचने के बाद क्या होगा?

मैं घर पहुँचा, तो कैमरा टेबल पर रखा था।

मैंने कैमरे में झाँका, तो मुझे फिर वहाँ योगी के दर्शन हुए। लेकिन इस बार योगी की आत्मा बदली हुई थी। वह गुस्से में नहीं थी बल्कि भावुक थी।

'थैंक्यू ब्रदर!' योगी के मुँह से सबसे पहले शब्द वही निकले– 'तुम्हारा बहुत-बहुत शुक्रिया, जो तुमने उस लड़की की जान बचाई।'

'वह सब तो ठीक है।' मैंने तुरंत कहा– 'लेकिन अभी लड़की की जान बची कहाँ है? वह तो घर में पंखे से लटककर भी सुसाइड कर सकती है?'

'भगवान के लिए शुभ-शुभ बोलो।'

'सिर्फ शुभ-शुभ बोलने से ही बात नहीं बनने वाली। किसी तरह उस पर नजर रखनी होगी।'

'नजर रखने की चिंता मत करो।' कैमरे में दिखाई पड़ रही योगी की आत्मा बोली– 'उस पर मैं 24 घंटे नजर रखे हूँ।'

'लेकिन इस तरह कब तक चलता रहेगा।' मैं बोला– 'अगर उसे बचाना ही है, तो यह पता लगाने की कोशिश करो कि वह क्यों मरना चाहती है? उसका दर्द क्या है, जिसकी वजह से वह अपनी जान तक देने पर आमादा है? एक बात हमेशा याद रखना, कोई इंसान अगर सुसाइड करना चाहता है, तो उसका एक कातिल ज़रूर होता है। जिससे तंग आकर, जिससे आज़िज़ आकर वह

सुसाइड का नाकाबिले बर्दाश्त फैसला करता है।'

'उसका कातिल कौन है, यह तो मैं नहीं कह सकता। लेकिन उसके दर्द की वज़ह मैं जानता हूँ।'

मैं चौंका।

कैमरे के व्यू-फाइंडर से चिपकी मेरी आँख में एक अजीब-सी बेचैनी शामिल हो गई।

'आप दर्द की वज़ह जानते हो?' मैं तुरंत बोला– 'क्या है उसका दर्द?'

'प्यार!' योगी की आवाज में शांति थी, आध्यात्मिक शांति– 'इश्क!'

'ओह! यानि चैत्राली को किसी से प्यार हो गया है?'

'हाँ। और जिससे वह प्यार करती है।' योगी ने गहरी साँस ली– 'वह उसे छोड़कर चला गया है।'

'ज़रूर वह कोई मूर्ख होगा।' मैंने कहा– 'जो वह इतनी अच्छी लड़की को छोड़कर चला गया है। तब तो साबित हो गया, वही लड़का उसका कातिल है। उसी की वज़ह से वो सुसाइड के लिए मज़बूर है।'

'इतनी फिलॉस्फिकल बात तो मैं नहीं जानता, लेकिन चैत्राली का दर्द तुम दूर कर सकते हो।' योगी ने कहा– 'अगर चैत्राली तुम्हें पसंद करती है, तो तुम उस लड़की की ज़िंदगी में प्यार वापस ले आओ। कुछ ऐसा करो, जो वह तुमसे उतना ही प्यार करने लगे जितना उस लड़के से करती थी। अगर ऐसा हुआ, तो वह फिर मरने के बारे में कभी सोचेगी भी नहीं।'

'आइडिया बुरा नहीं।' मैंने योगी को मुस्कुराकर जवाब दिया– 'लेकिन फिलहाल मेरा प्यार-मोहब्बत जैसी रुमानी बातों में पड़ने का कैसा भी कोई इरादा नहीं है।'

'क्यों, चैत्राली तुम्हें पसंद नहीं?'

'ऐसी बात नहीं।'

'फिर?'

'देखो, मैं बहुत प्रैक्टिकल आदमी हूँ।' मैंने कैमरे के व्यू-फाइंडर से आँखें सटाए-सटाए कहा– 'मैं अपना घर-परिवार छोड़कर अभी कुछ दिन पहले ही मुंबई शहर में अपना कैरियर बनाने आया हूँ। कैमरे और तस्वीरों से अपने प्यार के चलते मैंने अपने माँ-बाप खो दिए हैं। अब मैं कोई और प्यार पालने की कण्डीशन में नहीं हूँ। पहले अपना कैरियर बना लूँ, फिर कहीं किसी लड़की से लव-शव और शादी जैसी बातें सोचूँगा।'

'यानि!' योगी बोला– 'पहले तुम्हें अपना कैरियर बनाना है।'

'हाँ।'

'ठीक है।' योगी ने कहा– 'तो कल से सबसे पहले मैं तुम्हारा कैरियर बनाने की दिशा में ही काम करता हूँ। सबसे पहले एक बात समझ लो, घर के बाहर घोड़े की नाल ठोकने से सफलता नहीं मिलती, दोस्त खुद के पैरों में घोड़े की नाल ठोकनी पड़ती है।'

'मतलब?'

'मतलब साफ है, कैरियर बनाने के लिए भागमदौड़ करनी पड़ेगी। तुम एक काम करना, कल सुबह ही कैमरा लेकर मुंबई शहर में निकल पड़ना और आम मुंबईकर की भागती-दौड़ती लाइफ पर फोटोग्राफ क्लिक करना। शाम होने पर दादर रेलवे स्टेशन भी चले जाना, वहाँ की ज़बरदस्त भीड़-भाड़ में भी तुम्हें कुछ अच्छे क्लिक्स मिल जाएँगे।'

'फिर?'

'फिर तुमने वह सब फोटोग्राफ लेकर परसों ह्यूमन लाइफ मैगज़ीन के एडिटर से मिलना है, उसके बाद आगे सब कुछ वही तय करेंगे।'

ह्यूमन लाइफ मैगजीन!

मैं नाम सुनकर चौंका। वह वर्ल्ड फेमस मैगज़ीन थी और दुनिया भर की कोई 30 भाषाओं में पब्लिश होती थी।

उसका हेड ऑफिस वाशिंगटन (यूएस) में था और मुंबई के नरीमन पॉइंट में उसकी ब्रांच थी।

ह्यूमन लाइफ मैगजीन में अपने फोटोग्राफ्स छपने की फिलहाल मैं कल्पना भी नहीं कर सकता था।

लेकिन उस वक्त मैं चुप ही रहा।

वह रात मेरी बड़ी आराम से गुजरी और कमरे में कोई प्रेत लीला, जिसे मैं योगी लीला भी कह सकता हूँ, न हुई।

अगले दिन सुबह-ही-सुबह मैं Canon 5D Mark 4 कैमरा लेकर मुंबईकर की भागती-दौड़ती ज़िंदगी पर फोटोग्राफ क्लिक करने निकल पड़ा।

एज़ ए फोटोग्राफर वह मेरी ज़िंदगी का सबसे यादगार दिन रहा।

वह कैमरा तो जैसे बड़े कमाल-कमाल फोटोग्राफ अपने आप ही क्लिक कर रहा था और उसके अंदर ऐसे-ऐसे फोटोग्राफ इकट्ठे होते जा रहे थे, जो किसी भी फोटोग्राफर को कालजयी बना सकते थे।

फिर जब मैं वह सब फोटोग्राफ लेकर ह्यूमन लाइफ मैगजीन के ऑफिस पहुँचा, तो ऐसे शानदार फोटोग्राफ्स को देखकर पूरे ऑफिस में हंगामा मच गया।

मेरे न सिर्फ वह सब फोटोग्राफ्स हाथों-हाथ बिक गए बल्कि 20 लाख के सालाना पैकेज पर मुझे फ़ौरन उस मैगजीन का परमानेंट फोटोग्राफर भी बना लिया गया।

वह सब कुछ एकदम से चाँद छू लेने जैसा था।

अगले कुछ महीने मेरी ज़िंदगी में किसी चमत्कार से भरे हुए थे।

ह्यूमन लाइफ मैगजीन में मेरे फोटोग्राफ छपे, तो मैं जैसे रातों-रात स्टार बन गया।

एकाएक बॉलीवुड की बड़ी-बड़ी फिल्मों के ऑफर मुझे आने लगे। बॉलीवुड के सुपरस्टार मुझसे अपना फोटो सेशन कराना चाहते थे और मुझे मुँह माँगी रकम देने के लिए तैयार थे।

कुछ महीने में ही मैं न सिर्फ मुंबई के एक बड़े और महँगे अपार्टमेंट में शिफ्ट हो गया, बल्कि एक कार का मालिक भी बन गया।

और वह सब Canon 5D Mark 4 कैमरे का ही कमाल था। मेरी कामयाब ज़िंदगी में सब कुछ बदल रहा था, अगर नहीं बदल रहा था– तो सिर्फ कैमरा!

जिस दिन मैं अपने महँगे और बड़े अपार्टमेंट में शिफ्ट हुआ, उस दिन मैंने सबसे पहले अपनी माँ को फोन किया और अपनी कांपती आवाज़ में उन्हें बताया– अपने कैमरे और तस्वीरों से प्यार की बदौलत मैं आज कहाँ-से-कहाँ पहुँच गया था।

माँ की आँखों में भी आँसू आ गए।

मैंने पापा से भी बात करनी चाही, लेकिन वह अभी भी मुझसे नाराज थे या फिर शायद वह हिम्मत नहीं जुटा पा रहे थे मुझसे बात करने की। लेकिन मैं जानता था, वह गलत नहीं थे।

अपने बच्चों से प्यार करने वाला, उनके भविष्य की चिंता करने वाला कोई पिता कभी गलत नहीं होता। उन्हें मालूम थोड़े ही था कि फोटोग्राफी से प्रेम का पागलपन मेरी ज़िंदगी में सफलता के ऐसे सोपान रच देगा।

योगी की बदौलत मेरी चैत्राली से भी इस बीच मुलाकातें होती रहती थीं।

वह डिप्रेशन में तो अभी भी थी, लेकिन फौरन ही फाँसी के फंदे पर झूल जाने की मन:स्थिति में नहीं थी।

तभी मुझे एक ऐसा राज पता चला, जिसने मुझे बहुत बुरी तरह चौंकाकर रख दिया। पता चला कि चैत्राली को जो लड़का छोड़कर चला गया था, जिसे मैं उसका कातिल समझ रहा था, वह कोई और नहीं योगी ही था।

योगी!

मेरे दिल-दिमाग पर भीषण वज्रपात हुआ।

वो योगी ही था, जिससे चैत्राली शादी करना चाहती थी। जिससे चैत्राली बेइंतहा प्यार करती थी।

लेकिन चैत्राली कान्यकुब्ज ब्राह्मण थी और योगी शूद्र जाति से था। इसीलिए चैत्राली के परिवारजन शादी के लिए तैयार नहीं थे। चैत्राली अपने परिवार को समझा-समझाकर थक गई। अन्तत: जब वह नहीं माने, तो दोनों ने सुसाइड करने का फैसला कर लिया।

यहीं से उन दोनों की ज़िंदगी में और बड़ा ट्विस्ट आया।

दरअसल दोनों सुसाइड करने उसी सुसाइड पॉइंट पर पहुँचे थे। कैमरा तब भी योगी के हाथ में था। योगी ने तो कैमरे के साथ सुसाइड पॉइंट से जंप लगा दी, लेकिन चैत्राली, योगी की डेडबॉडी देखकर इतना डर गई कि वह जंप लगाने की हिम्मत ही नहीं दिखा पाई।

चैत्राली अब इसी बात के गिल्ट में जी रही थी कि योगी ने सुसाइड कर ली, जबकि वह नहीं कर पाई थी। इसीलिए अब वह भी सुसाइड करना चाहती थी और बार-बार उसी सुसाइड पॉइंट पर जाती थी।

योगी की मौत के बाद चैत्राली ने अब अपने परिवार को भी छोड़ दिया था और वह अकेले ही रहने लगी थी। योगी की मौत का जिम्मेदार वह अपने पेरेंट्स को ही मानती थी।

उधर सुसाइड करने के बाद योगी को लगने लगा था कि उसने सुसाइड करके अपने जीवन की बड़ी गलती की। ज़िंदगी जैसी भी है, ख़ूबसूरत है। इसीलिए योगी अब नहीं चाहता था कि चैत्राली सुसाइड करे।

'सबसे पहले तो मैं तुमसे माफी माँगना चाहता हूँ मेरे दोस्त!' योगी, चैत्राली के सामने ही मुझसे बोला– 'जो मैंने तुमसे इतना ज्यादा बड़ा राज छुपाकर रखा। जब तुम अपनी फोटोग्राफी से प्रेम के चलते मेरे कैमरे को उठाने के लिए सुसाइड पॉइंट की गहरी खाई में उतर गए थे, मैं तभी समझ गया था कि तुम मेरे जैसे ही फोटोग्राफी से प्यार करने वाले कोई पागल हो। हालाँकि तुमसे अपनी बात मनवाने के लिए मुझे कई प्रपंच रचने पड़े। तुम्हारी कई खूबियों ने भी मुझे इंप्रेस किया। तुम्हारे अंदर मेरे से भी ज्यादा फाइटिंग-स्पिरिट है और तुम मेरी तरह ज़िंदगी से हार मानकर सुसाइड करने वालों में नहीं हो। यह मैंने मरने के बाद जाना कि ज़िंदगी में कोई हार इतनी बड़ी नहीं होती, जो उसके सामने ज़िंदगी हार जाए।'

मैं कुछ नहीं बोला।

सच तो यह है, योगी की महानता के सामने अब मेरी कुछ बोलने की हिम्मत ही नहीं थी।

'और हाँ!' फिर योगी, चैत्राली से संबोधित हुआ– 'मैं चाहता हूँ कि तुम भी अब इस डिप्रेशन से बाहर आओ और नई ज़िंदगी शुरू करो। तुम दोनों शादी कर लो।'

योगी ने एक झटके में अपना फैसला सुनाया।

हम दोनों ही बुरी तरह चौंक पड़े। हकबका उठे।

'नहीं-नहीं।' सबसे पहले चैत्राली ही बोली– 'यह नामुमकिन है।'

'जानती हो।' योगी की आवाज़ झील के पानी की तरह शांत और भावनाओं से भरी थी– 'जब तक तुम डिप्रेशन से भरा यह एकाकी जीवन

जीती रहोगी, तब तक मेरी आत्मा भी इसी तरह भटकती रहेगी। उसे कभी मोक्ष नहीं मिलेगा। क्या तुम चाहती हो कि मेरी आत्मा इसी तरह भटके? उसे मोक्ष न मिले?'

चैत्राली कुछ नहीं बोली।

वह रो पड़ी।

मेरी आँखें भी भीग गई थीं।

◆

आज इस घटना को 1 वर्ष गुजर चुका है। मैं और चैत्राली अब सुखी दांपत्य जीवन व्यतीत कर रहे हैं।

मेरे मम्मी पापा भी अब मुंबई के बड़े अपार्टमेंट में मेरे साथ ही रहते हैं। मेरी शादी में वह मुंबई आए थे और फिर मेरे आग्रह पर वहीं रुक गए। शुरु-शुरु में पापा मुझसे आँख नहीं मिला पाते थे, लेकिन जब मैंने अपने कैमरे से मस्ती-मस्ती में उनकी फोटो खींचनी शुरू की, तो वह भी खिलखिला उठे। सचमुच माँ की ममता और पिता की क्षमता पर किसी को शक नहीं करना चाहिए।

यही हाल चैत्राली का है।

योगी ने जब उससे मोक्ष की बात की थी, तो उसके बाद वह कुछ नहीं बोली। सच तो यह है कि अब हम दोनों ही योगी से प्रेम करने लगे थे और उसके मोक्ष के लिए कुछ भी कर सकते थे।

हम दोनों ने योगी का श्राद्ध भी किया और हमें लगता है, अब योगी जहाँ भी होगा, खुश होगा।

कभी-कभी जब मैं अपने कैमरे से चैत्राली के फोटोज़ क्लिक करता हूँ, तब

मैं चैत्राली की आँखों में अपने लिए वही प्यार देखता हूँ– जो शायद कभी उसकी आँखों में योगी के लिए रहा होगा।

योगी, जो हमारे आसपास अब कहीं नहीं है या फिर खुशियाँ बनकर वो हमारे जीवन के कण-कण में विद्यमान हो चुका है।

लेकिन चैत्राली और मैंने, ऐसे लोगों की हैल्प करना अब ज़िंदगी का मिशन बना लिया है, जो जीवन से निराश होकर सुसाइड करना चाहते हैं। हम उन सबसे एक ही बात कहते हैं– ज़िंदगी में कोई हार इतनी बड़ी नहीं होती, जो उसके सामने ज़िंदगी हार जाए।

आप भी यह बात याद रखो।

मखीचा महल का चौकीदार

मेरा एक बचपन का दोस्त था परिमल– परिमल घोष! नर्सरी से कॉलेज तक की पढ़ाई हम दोनों ने इकट्ठे ही पूरी की थी। मुझे अच्छी तरह याद है कि कॉलेज के दिनों में हमारी दोस्ती के बड़े चर्चे हुआ करते थे। कहीं पिकनिक पर जाने का प्रोग्राम हो या फिर कॉलेज का सालाना जलसा, हम दोनों उसमें एक साथ ही शिरकत किया करते।

परिमल के पिता दुलीचंद घोष आर्मी के रिटायर्ड कर्नल थे। उन्हीं के अच्छे व्यवहार की बदौलत परिमल फॉरेस्ट ऑफिसर जैसी जिम्मेदार पोस्ट के लिए सिलेक्ट होकर आसाम के घने जंगलों में चला गया था, जबकि मैं राइटिग के प्रोफ़ेशन में आ गया। परिमल शुरू से ही बहुत घुमक्कड़ प्रवृत्ति का व्यक्ति था, इसलिए ट्रांसफर करवाता रहता था। आज आसाम में है, तो कल कश्मीर में और परसों नैनीताल में। उसके लिए नौकरी क्या थी, ऐशो-इशरत का साधन थी। सच तो यह है कि मुझे भी उसकी उस शहाना ज़िंदगी से कभी-कभी रश्क होने लगता था।

जून के दूसरे हफ्ते की बात है। मैं अपने राइटिंग रूम में अपनी टेबल पर लिखने में बिजी था कि तभी परिमल घोष का बड़े अप्रत्याशित ढंग से आगमन हुआ।

‘अरे परिमल तुम!’ मैं उसे देखते ही खुशी से उछल पड़ा– ‘तुम कब आए?’

'बस एयरपोर्ट से सीधा तुम्हारे पास ही चला आ रहा हूँ।'

परिमल के आने से मेरी खामोश और नीरस ज़िंदगी में मानों पल भर के लिए बहार-सी आगई थी। मैं लिखना-विखना भूलकर उसके साथ बातों में बिजी हो गया।

मुझे परिमल से मिले क्योंकि एक लंबा अरसा गुज़र चुका था, इसलिए मैंने छूटते ही उससे पूछा–'आजकल कहाँ पर डेरा डाला हुआ है?'

'अंडमान निकोबार की राजधानी पोर्ट ब्लेयर के घने जंगलों में।' वह बात बताते हुए परिमल के चेहरे पर खुशी की लहर-सी दौड़ गई थी। वह बड़े अनुरागपूर्ण स्वर में बोला–'यार जंगल क्या है, साक्षात स्वर्ग है। दिल चाहता है कि हमेशा-हमेशा के लिए उन्हीं जंगलों में आबाद हो जाऊँ।'

'क्या बात है– इतने ख़ूबसूरत हैं वो जंगल?'

'यार उम्मीद से भी ज्यादा ख़ूबसूरत हैं। अब तक मैं इतने इलाकों में रहा, लेकिन जैसा सुकून, जैसी तनहाई उन हरी-भरी वादियों में है, वैसी और कहीं नहीं। वहाँ के लोग इतने भोले हैं कि बस! मिट्टी में-से भी गज़ब की सोंधी-सोंधी महक आती है।' परिमल ने एक बार बोलना शुरू किया, तो वह दीवानावार अंदाज़ में उन जंगलों के बारे में पता नहीं क्या-क्या बताता चला गया था।

साफ़ लग रहा था कि उन जंगलों ने उस पर जादू कर रखा है।

परिमल से बातों का सिलसिला शुरु हुआ, तो फिर चलता ही गया। कॉलेज के वह दिन भी याद आने लगे, जो हमने किसी आज़ाद परिंदे की तरह हवा में परवाज़ करते हुए गुजारे थे।

फिर बातें करते-करते परिमल को एकाएक न जाने क्या सूझा कि वह मुझसे पूछ बैठा–'यार तुम किसी हॉरर सब्जेक्ट पर कोई नॉवेल या स्टोरी क्यों नहीं लिखते?'

'हॉरर सब्जेक्ट पर!' मेरी हँसी छूटते-छूटते बची–'यह भी कोई सब्जेक्ट है? हकीकत तो यह है परिमल कि मेरा खुद भूत-प्रेतों पर यकीन नहीं है।'

मेरी बात सुनकर उसकी आँखें सिकुड़ गईं। उसने बड़ी हैरत से मुझे यूँ देखा, जैसे मैंने कोई बहुत आश्चर्यजनक बात कह दी हो।

मैं थोड़ा सकुचाकर बोला–'क्या बात है? तुम मुझे यूँ घूरकर क्यों देख रहे हो?'

तुम्हें प्रेतों के अस्तित्व पर यकीन नहीं है?' परिमल के स्वर में इस बार भी बेपनाह हैरानी भरी थी।

'नहीं।' मैंने पहले की तरह ही बिलकुल स्पष्ट स्वर में उत्तर दिया।

'लेकिन मैंने तो आत्माएँ अपनी इन आँखों से देखी हैं।'

'अच्छा!' उसकी बात सुनकर मैं बेसाख्ता हँस पड़ा था– 'कब? कहाँ?'

'पोर्ट ब्लेयर में मेरा जो सरकारी कॉटेज़ है न, उससे तकरीबन 20 किलोमीटर दूर घने जंगलों में मखीचा नाम की एक जंगली जाति रहती है। वह लोग आज भी पुरातत्व काल के आदिवासियों की तरह ही अपना जीवन-यापन करते हैं। इसके बावजूद वह न सिर्फ बेहद सभ्य हैं बल्कि वह बाहर से घूमने आए पर्यटकों का भी खूब आदर-सत्कार करते हैं।'

'अच्छा!' मैं मजाक उड़ाता-सा बोला, जबकि परिमल काफी गंभीर था। वह बात आगे बढ़ाते हुआ बोला–'कबीले की आबादी के बीचों-बीच ही एक पुरानी खण्डहर-सी इमारत भी बनी है, जिसे कबीले वाले मखीचा महल कहते हैं। उनका यकीन है कि कभी उस मखीचा महल में उनका देवता रहा करता था। आज भी जो पर्यटक या पुरातत्ववेत्ता उनके कबीले के रस्मों-रिवाज़ को देखने वहाँ जाते हैं, वह उसे उसी मखीचा महल में ठहराते हैं। मखीचा महल का चौकीदार जो कबीले का ही कोई नौजवान होता है, वह आगुंतक का खूब आदर-सत्कार करता है। कबीले वालों का कहना है कि हर साल दिसंबर में

पूर्णमासी की रात को उनका देवता मखीचा महल में आता है और महल के चौकीदार की भेंट लेकर चला जाता है।

मैं, जो एकाएक परिमल की बातें बड़े गौर से सुनने लगा था, चौंककर बोला– 'इसका मतलब मखीचा महल के चौकीदार की हर साल मौत हो जाती है?'

'हाँ।'

मुझे वाकई बड़ी हैरत हुई।

इसलिए मैं उलझन भरे स्वर में बोला–'जब सभी कबीले वालों को मालूम है कि मखीचा महल के चौकीदार की हर साल मौत हो जाती है, तो फिर कबीले का कोई भी नौजवान महल का चौकीदार बनने के लिए तैयार ही नहीं होता होगा?'

'तुम सिर्फ एक नौजवान के तैयार होने की बात कर रहे हो।' परिमल ने विस्मय से आँखें फैलाई–'मेरे भाई, वहाँ पर तो दर्जनों नौजवान मखीचा महल का चौकीदार बनने के लिए हर साल कबीले के सरदार के पास इकट्ठे होते हैं। बाकायदा जश्न होता है। उसमें प्रतियोगिता होती है और जो प्रतियोगिता में अव्वल आता है, उसी की मखीचा महल के नए चौकीदार के रूप में नियुक्ति होती है। कबीले वालों की मान्यता है कि देवता जिसकी भेंट लेते हैं, वह बहुत नसीब वाला होता है और सीधा स्वर्ग में जाता है। इसलिए कबीले के हर नौजवान के दिल में यह हूक-सी होती है कि इस बार वह मखीचा महल के चौकीदार के रुप में चुना जाए। उस मखीचा महल में पुराने चौकीदारों की आत्माएँ अक्सर घूमती रहती हैं। मैंने खुद वहाँ जाकर उन आत्माओं को अपनी आँखों से देखा है।'

मुझे परिमल की बातों पर यकीन न होना था, न हुआ। तमाम बात को साफ-साफ झुठलाते हुए मैं बोला–'देखो परिमल, मैं नहीं मानता कि यह सब सच है।'

उस रात परिमल अपनी जिद पर अड़ा रहा और मैं अपनी पर। वह मुझे समझाते-समझाते हार गया कि आत्माओं का अस्तित्व होता है। लेकिन मैंने उसकी बात नहीं मानी। आज सोचता हूँ कि काश! मैंने परिमल से बहस न की होती, तो कितना अच्छा होता। दिल उसकी बात को स्वीकार करने की गवाही नहीं दे रहा था, तो क्या हुआ चुप्पी ही साध लेता मैं! काश अगर मैंने ऐसा किया होता, तो शायद मुझे उस पीड़ा से दो चार न होना पड़ता– जो आज मेरी ज़िंदगी का हिस्सा बन चुकी है।

मुझे खूब अच्छी तरह याद है, उस दिन परिमल आख़िरकार पराजित अवस्था में यह कहकर सो गया था कि एक दिन मैं तुमसे कबूल कराकर ही रहूँगा कि आत्माएँ वास्तव में होती हैं।

उसके बाद परिमल सिर्फ दो दिन और रहा, उसके बाद वह वापस अपनी ड्यूटी पर चला गया।

जाने के बाद उसने मुझे चार महीने के अंतराल में दस फोन किए, जिनमें उसने मुझसे हर बार एक ही बात कही कि मैं पोर्ट ब्लेयर चला आऊँ, क्योंकि वह मुझे एक बार मखीचा महल ज़रूर दिखाना चाहता है।

परिमल की उन बातों को सुनकर मेरे होठों पर मुस्कुराहट दौड़ जाती। हर बार मैं उसकी बात को कोई-न-कोई बहाना बनाकर टाल देता। लेकिन इसके बावजूद वह मुझे लगातार फोन करता रहा। यह सिलसिला चार महीने तक चला। फिर एकाएक परिमल के फोन आने बंद हो गए। फिर उन बातों को भी छः महीने गुजर गए। फिर एक ऐसी घटना घटी, जिसने मुझे फौरन ही परिमल के पास जाने के लिए मजबूर कर दिया।

रात के बारह बजे थे। मैं गहरी नींद सो रहा था, तभी एकाएक मेरे फोन की बेल बज उठी। मैंने फोन पिक किया, तो दूसरी तरफ से पोर्ट ब्लेयर के हॉस्पिटल से फोन था। कोई नर्स बहुत घबराई हुई आवाज़ में बोल रही थी।

उसने बताया कि परिमल पर किसी जंगली जानवर ने हमला कर दिया है और अब वह बेहद गंभीर रूप से जख्मी हालत में हॉस्पिटल में भर्ती है। वह तुरंत चला आए।

वह खबर सुनते ही मैं घबरा उठा। मैंने आनन-फानन इंटरनेट के जरिए टिकट लिया और फिर जल्दी-जल्दी अपनी अटैची तैयार करने लगा।

लंबे समय के बाद अगले दिन जिस समय मैं परिमल के सरकारी कॉटेज पर पहुँचा, तो मैं यह देखकर दंग रह गया कि परिमल लॉन में ही पड़ी एक बांस की कुर्सी पर बैठा बड़ी तन्मयता से अखबार पढ़ रहा था। वह एकदम चुस्त-दुरुस्त था। मुझे देखते ही वह एकदम कुर्सी छोड़कर खड़ा हुआ और फिर बड़ी गर्मजोशी से उसने मेरा स्वागत किया।

मैंने शिकायत भरे लहजे में पूछा–'यह क्या चक्कर है, तुम तो बिल्कुल ठीक हो?'

मेरी बात सुनकर परिमल जोर से खिलखिलाकर हँस पड़ा और बोला–'यार तुम ही बताओ, मैं तुम्हें बुलाने के लिए और क्या नाटक करता? वैसे तो तुम आने वाले नहीं थे। फोन करते-करते मैं तंग आ गया था। आखिर में तुम्हें अपने पास बुलाने का यही एक रास्ता मुझे सूझा। थोड़ी-बहुत कहानी तो मैं भी बना लेता हूँ। आखिर दोस्त हूँ मैं एक कामयाब लेखक का। और फिर मखीचा महल भी तो चलना है हम दोनों को।'

मैं नकली गुस्सा झाड़ते हुए बोला–'यानि अपनी पुरानी शरारतों से अब भी बाज़ नहीं आए तुम।'

प्रत्युत्तर में वह पुनः खिल-खिलाकर हँस दिया। मेरे कहने का उस पर कोई असर नहीं हुआ।

घंटे भर में ही उसने मखीचा महल जाने का प्रोग्राम बना डाला। उसकी रफ्तार को देखकर यूँ लगता था कि जैसे वह मखीचा महल जाने के लिए लॉन

में बैठा बस मेरा ही इंतज़ार कर रहा था। अपनी खुली हुई जीप में परिमल ने खाने-पीने के थोड़े-बहुत सामान के अलावा बड़े अंडों की एक क्रेट और आइस बॉक्स में लगी हुई शेरी (विदेशी शराब) की कुछ बोतलें भी रख लीं।

शाम के सात बजते-बजते हम दोनों जीप में सवार होकर मखीचा महल की तरफ निकल पड़े। वह दिसंबर का मौसम था और वातावरण में बहुत ठंडक थी। हम दोनों ने शीत लहर से बचने के लिए गरम कोट पहन रखा था। वैसे भी दिसंबर की ठंड मशहूर है और शाम के सात बजते-बजते तो इतना अंधेरा हो जाता है कि हाथ-को-हाथ भी सुझाई नहीं देता। मैंने परिमल को समझाने की कोशिश की, कि इतने अंधेरे में मखीचा महल तक का 20 किलोमीटर लंबा सफर तय करना ठीक नहीं है। फिर जंगली और उबड़-खाबड़ इलाका है। न जाने कब कहाँ कोई जंगली जानवर हमला कर बैठे? लेकिन परिमल ने मेरी एक न सुनी। हाँ, मेरी संतुष्टि के लिए उसने इतना ज़रूर किया कि अपनी राइफल भी जीप में रख ली।

रास्ते में परिमल ने मुझे मखीचा महल के चौकीदार के बारे में भी बताया कि आजकल भीकू नाम का एक चौकीदार वहाँ की निगरानी करता है। उसने मुझे यह भी बताया कि मखीचा महल में कई बार आने जाने के कारण उसकी भीकू से अच्छी जान-पहचान हो गई है। तीन दिन पहले ही वह मखीचा महल में रात गुज़ारकर आया है।

सारा रास्ता इसी तरह की बातें करते हुए कट गया। जिस समय हमारी जीप मखीचा महल के दरवाज़े पर आकर रुकी, उस समय मेरी रिस्टवॉच सात बज़कर पचास मिनट का समय बता रही थी। पूरे कबीले में बड़ा ही खौफनाक सन्नाटा फैला हुआ था और उनके कच्चे मकानों की निर्माण-पद्धति वास्तव में ही ग्यारहवीं शताब्दी के समानांतर थी।

मखीचा महल में घुसते ही भीकू ने हमारा ज़बरदस्त स्वागत किया। जबकि यह बात मुझे बेहद रोमांचित किए दे रही थी कि मैं एक ऐसे महल में आ गया

हूँ, जहाँ आत्माएँ वास करती हैं।

'आज कबीले में बड़ा सन्नाटा है?' परिमल ने भीकू से सबसे पहला सवाल यही किया था।

'हाँ, हमारे कबीले के एक आदमी की मौत हो गई है बाबू!' भीकू ने बताया–'कबीले के ज्यादातर लोग उसी का क्रिया-कर्म करने गए हैं।'

'तुम क्यों नहीं गए?' मैंने पूछा।

'मैं मखीचा महल को अकेला छोड़कर कैसे जा सकता था बाबू? अगर मैं चला जाता, तो फिर यहाँ आपका स्वागत कौन करता?'

उसके भोले मुँह से भोली-भाली बात सुनकर मैं बरबस मुस्कुरा दिया।

अंदर हॉल कमरे में फायर प्लेस में पड़ी लकड़ियाँ सुलग रही थीं। परिमल और मैं दोनों फायर प्लेस के नजदीक पड़ी कुर्सियों पर बैठकर हाथ तापने लगे, जबकि भीकू जीप में रखा हमारा सामान निकालने लगा।

थोड़ी देर बाद ही वह मक्खन लगे टोस्ट और सात-आठ अंडों का आमलेट फ्राई करके ले आया, जिन्हें हम खाकर निपटे तो परिमल ने शराब की बोतल खोल ली। उसमें से हमने दो-दो पैग पिए। इस बीच परिमल ने भीकू को मेरा परिचय दे डाला था और उसे यह भी बता दिया था कि वह यानि परिमल मुझे मखीचा महल खासतौर से इसीलिए लेकर आया है, क्योंकि मुझे आत्माओं के अस्तित्व पर यकीन नहीं है।

परिमल की बात सुनकर भीकू चौंका। उसने अपनी हैरतअंगेज़ आँखों से मुझे यूँ देखा, मानो मैं कोई बहुत बड़ा अजूबा होऊँ।

भीकू बोला–'आपको आत्माओं पर यकीन नहीं है?'

मैं कुछ न बोला। बस हल्के से मुस्करा दिया। मेरी मुस्कुराहट में भीकू के हर सवाल का जवाब छिपा था।

इसके बाद भीकू ने भी मुझसे कोई सवाल न किया। लेकिन उसकी आँखों से हैरत के भाव न मिटे।

फिर परिमल ने मुझे बातचीत के दौरान कई प्रेत-आत्माओं के किस्से सुनाए। उनमें से अधिकांश किस्से या तो भीकू ने उसे सुनाए थे या फिर उसने किताबों में पढ़े थे। इस दौरान भीकू हमारी खातिर-तव्वज़ो पर ध्यान देता रहा। वाकई वह लोग बेहद मेहमान-नवाज़ थे और बाहर से आए लोगों की दिल खोलकर सेवा करते थे।

हॉल कमरे को गर्म करने के उद्देश्य से भीकू ने सभी खिड़की-दरवाज़े भी बंद कर दिए।

इसी तरह वार्तालाप करते-करते रात के दो बज़ गए, लेकिन वहाँ पर कोई आत्मा न आई। इतनी रात बीतने के बावजूद भी मखीचा महल में किसी आत्मा का उपस्थित न होना, न सिर्फ परिमल को बल्कि भीकू को भी भारी अचरज़ में डाल रहा था। जबकि अपनी कामयाबी पर मैं मन-ही-मन मुस्कुरा रहा था। भला कौन उन बेवकूफों को समझाए कि जब आत्मा होती ही नहीं, तो वह प्रकट कहाँ से होगी?

एकाएक भीकू बोला–'रात बहुत हो चुकी है बाबू! मैं आपके लिए बिस्तर लगा देता हूँ, आप जाकर सो जाइए।'

'नहीं।' परिमल सख्त स्वर में बोला–'आज हम दोनों तब तक इसी तरह बैठे रहेंगे, जब तक कि यहाँ कोई आत्मा प्रकट नहीं हो जाती।'

'ठीक है, तो मैं आप दोनों के लिए चाय बनाकर लाता हूँ।' कहने के साथ फायर प्लेस के नजदीक उकड़ू बैठा भीकू खड़ा हो गया और फिर धीरे-धीरे कदम रखता हुआ हॉल कमरे से निकलकर उसके बराबर में ही बनी रसोई में चला गया।

उसी क्षण किसी ने जोर से हॉल कमरे के दरवाज़े पर दस्तक दी। दस्तक सुनकर परिमल और मैं सन्न बैठे रह गए। विश्वास न होने के बावजूद भी उस

लम्हे मेरे ज़ेहन में सिर्फ एक ही बात कौंधी कि प्रेत-आत्मा आ गई। निश्चय ही यही बात परिमल के ज़ेहन में भी कौंधी थी। अगर ऐसा न होता, तो वह भी एकाएक मेरी ही तरह खौफजदाँ नज़र न आने लगता।

दरवाज़े पर दोबारा दस्तक दी गई।

भयभीत होकर मैंने भीकू को आवाज़ लगानी चाही, लेकिन मेरी ज़बान मानो तालू से जा चिपकी। लाख कोशिशों के बावजूद भी मेरे मुँह से एक शब्द नहीं निकला। मुझे ऐसा भ्रम हुआ, जैसे किसी दैविक शक्ति ने मुझे गूँगा कर दिया हो।

इस बीच दरवाज़े को इतनी जोर-जोर से झिंझोड़ा जाने लगा था, मानो आगंतुक उसे तोड़ ही डालेगा। एकाएक मुझमें न जाने कहाँ से इतना साहस आ गया कि मैं कुर्सी छोड़कर उठ खड़ा हुआ और मैंने लपककर दरवाज़े की साँकल खोल दी।

साँकल खुलते ही भड़ाक से दरवाज़ा खुला और फिर मैंने जिसे दरवाज़े के पार खड़ा देखा, उसे देखते ही मेरे मुँह से चीख निकल गई। शरीर में काँटे की तरह चुभने वाली ठंडी हवा चलने के बावजूद भी मैं पसीने से नहाता चला गया। सामने मोटा कंबल ओढ़े वह एक काला, ठिगना-सा युवक खड़ा था। उसके हाथ में जलती हुई लालटेन थी। चेहरा निस्तेज था। आँखें बर्फ की मानिंद सर्द। दरवाज़ा खुलते ही वह हॉल कमरे में आ गया। फिर लालटेन एक खंडित से स्टूल पर रखते हुए मुझसे बोला–'आप लोग शायद बाहर से घूमने आए हैं?'

'हाँ . . . हाँ।' ऐसी परिस्थिति में मेरे मुँह से आवाज़ तो क्या निकलनी थी, लेकिन हाँ मैंने बड़ी मुश्किल से स्वीकृति में अपनी गर्दन ज़रूर हिला दी।

उसने फिर पूछा–'आपको कोई तकलीफ तो नहीं हुई न?'

'न . . . नहीं।' इस बार मेरी गर्दन इंकार में हिली। फिर मैंने एकाएक

थरथराती आवाज़ में उससे पूछा–'ल . . . लेकिन तुम कौन हो?'

'मैं मखीचा महल का नया चौकीदार हूँ साहब!'

'क . . . क्या? न . . . नया चौकीदार?' मेरे छक्के छूट गए–'क . . . क्या मतलब?'

'आपको शायद मालूम नहीं है बाबूजी, कल पूर्णमासी थी। यहाँ का जो पुराना चौकीदार भीकू था, हमारे देवता ने कल आकर उसकी भेंट ले ली। नए चौकीदार की जगह मुझे रखा गया है। हम सब कबीले वाले इस समय भीकू का क्रिया-कर्म करके ही यहाँ आ रहे हैं।'

उसकी बात सुनते ही मेरे दिमाग में अनार-पटाखे से छूटने लगे। बुरी तरह हड़बड़ाई-सी अवस्था में, मैं फौरन पलटा और फिर लगभग दौड़ता हुआ रसोई में जा घुसा। वहाँ भीकू न था। मैंने आसपास सब जगह भीकू को देखा, लेकिन भीकू तो गधे के सिर से सींग की तरह नदारद हो चुका था। रसोई में स्टोप अभी भी जल रहा था और उसके ऊपर रखा चाय का पानी बुरी तरह खोल रहा था।

मेरे पीछे-पीछे परिमल और वह नया चौकीदार भी दौड़ता हुआ रसोईघर में जा घुसा।

स्टोप को जलता देख वह चौकीदार भौंचक्के स्वर में बोला–'यह . . . यह स्टोप और चायदान बाहर कैसे आ गया? इसे तो मैं अलमारी में ताले में बंद करके गया था?'

मैं मुंह बाये हतप्रभ-सी अवस्था में चौकीदार का चेहरा देखता रह गया। मेरे पास भला उसके सवाल का क्या जवाब था?

तभी परिमल मेरा हाथ पकड़कर घसीटता हुआ मुझे एक कोने में ले गया और बोला–'अब तो आत्माओं के अस्तित्व पर यकीन हुआ कि नहीं?'

मैं परिमल को भी कोई जवाब नहीं दे सका। मैं तो मानो पुन: गूँगा हो चुका था।

उसके बाद मैं एक मिनट भी मखीचा महल में न ठहरा। परिमल के साथ जीप में सवार होकर रात को ही वापस सरकारी कॉटेज़ लौट आया। वहाँ मेरा अलग कमरे में अलग बिस्तर तैयार था। लेटते ही मुझे गहरी नींद आ गई।

घटना अगर यहीं तक सीमित रहती, तब भी ठीक था। लेकिन अगले दिन मेरे साथ जो घटित हुआ, उसने मुझे और ज्यादा हिलाकर रख दिया।

सुबह मैं अपने आप न उठा बल्कि मुझे किसी ने झिंझोड़कर उठाया। उस समय मेरा शरीर बुखार से बुरी तरह तप रहा था। मुझे उठाने वाला अनजान आदमी था और उसने मुझे अपना परिचय कॉटेज़ के बावर्ची के रूप में दिया।

फिर मुझसे बोला–'आप कौन हैं?

मैं चौंका। निश्चय ही परिमल ने उसे मेरे बारे में कुछ नहीं बताया था। मैंने कहा–'मैं तुम्हारे साहब परिमल घोष का मित्र हूँ।'

'कहीं आप लेखक तो नहीं?' बावर्ची के चेहरे पर एकाएक रोशनी-सी जगमगाई।

'हाँ, मैं लेखक ही हूँ।'

बावर्ची के चेहरे पर क्षण भर पहले जो रोशनी की किरण फूटी थी, वह एकाएक बुझ गई। वह निराशाजनक स्वर में बोला–'आपने यहाँ आने में थोड़ी देर कर दी साहब!'

'क्या मतलब?' मैं चौंका–'आखिर तुम कहना क्या चाहते हो?"

'साहब अपने अंतिम समय में भी आपको बहुत याद करते थे।' बावर्ची खोए-खोए स्वर में बोला–'उनकी सिर्फ एक ही तमन्ना थी कि वह आपको एक बार अपने साथ मखीचा महल ज़रूर ले जाएँ।'

मैं फौरन बिस्तर छोड़कर खड़ा हो गया। फिर बावर्ची का गिरेबान पकड़कर झिंझोड़ता हुआ बोला–'कहना क्या चाहते हो तुम? क्या हुआ परिमल को?'

आपको नहीं मालूम?' उसने चौंककर मेरी तरफ देखा।

'नहीं।'

'साहब का तो 3 दिन पहले ही देहांत हो गया था।'

'क्या बकवास कर रहे हो तुम?' मैं इतनी जोर से चीखा कि पूरे कॉटेज़ की दरो-दीवार हिल गई–'कैसे हो गया परिमल का देहांत?'

'वह जबसे आपसे मिलकर आए थे, तबसे उन्हें सिर्फ आपकी और मखीचा महल की ही धुन लगी हुई थी। रातों को अक्सर जीप में सवार होकर वह मखीचा महल की तरफ चल पड़ते थे। वह इस बात से बहुत दुखी थे कि इतने फोन करने के बावजूद भी आप उनसे मिलने उनके पास नहीं आए। जिस रात जंगली सूअर ने घात लगाकर उनकी जीप पर आक्रमण किया, उस रात भी वह मखीचा महल से ही वापस लौट रहे थे। राइफल वगैरा भी उनके पास न थी, जिससे वह अपनी आत्मरक्षा कर पाते। जंगली सूअर ने उन्हें बुरी तरह से जख्मी कर दिया था। हॉस्पिटल की नर्स से कहकर उन्होंने आपको फोन कराना चाहा था, लेकिन उससे पहले ही उनका देहांत हो गया। आपका नंबर किसी के पास न था। लेकिन . . .!'

'लेकिन क्या?' मैंने उत्कंठावश पूछा।

'अब आपका एकाएक यहाँ कैसे आना हुआ? आपको किसने इंफोर्म किया? जानते हैं, वह अपनी आखिरी साँस तक भी आपको याद करते रहे और कहते रहे कि काश! वह एक बार आपको लेकर मखीचा महल चले जाते। यही आखिरी तमन्ना थी उनकी, जो अधूरी रह गई।' कहने के साथ बावर्ची फूट-फूटकर रो पड़ा।

मुझे महसूस हुआ, जैसे किसी ने एक झटके से मेरे सारे शरीर का खून

निचोड़ लिया हो। मैं फौरन बैड पर जा गिरा। गिरते ही मेरी चेतना लुप्त होती चली गई।

आज इस घटना को पूरे 3 साल बीत चुके हैं, लेकिन मैं इसे कभी नहीं भूला। शायद अपनी ज़िंदगी की आख़िरी साँस तक भूल भी नहीं सकूँगा। लेकिन यह सवाल आज भी मेरे दिमाग में पहले की तरह मंडराता रहता है कि आत्माओं का अस्तित्व होता है या नहीं?

परिमल का मित्र होने के नाते मेरा हृदय आत्माओं के अस्तित्व को स्वीकार करता है, जबकि मेरा लेखक मस्तिष्क आज भी आत्माओं के अस्तित्व को स्वीकार नहीं करता। आँखों देखी इस घटना को नकारने के लिए उपयुक्त तर्क ढूँढ ही लेता है वह!

ऐसे तर्क, जिनका मेरे पास कोई जवाब नहीं होता। शायद इसीलिए आज भी वह सवाल मेरे लिए एक सवाल ही है।